U0020015

從杜甫……到達利

余光中

目次

代序——余幼珊 9

輯一

唯詩人足以譯詩？ 15
新儒林外史 47
譯無全功 65
中西田園詩之比較 90
析論我的四度空間 110

輯二

我所見的東坡居士 131

輯三

詩史與史詩 136
論倒裝之美 139
免繳遺產稅的現金 145
吟誦千年始能傳後 147
中國古典詩之虛實互通 150
銅山崩裂 159
天鵝上岸，選手改行 175
爐鎔道藝一鴻儒 184
眼到，手到，心到，神到 193
妙想驚鬼神 199

輯四

參透水石 208
野心與良心 215
寧讓科技秒殺？ 220
遠念黃國彬 222
澀極而潤，苦盡甘來 227
詩心畫境通茶香 236
耿耿孺慕 243
選美與割愛 247
智取與情勝 254
為現代詩畫鬆綁 260

輯五

莫隨瑞典老頭子起舞 273
由不惑到堅定 278
藍星曾亮半邊天 280

又一章：未結集詩文

陰陽一線隔 285
夢見父親 287
悼念李永平 297
憶初中往事 299
鴴池 304
五株荔樹 306

風箏與救護車　310
沙糖橘　312
謝渡也沙糖橘　314
危樓　316
半世紀　319
他與眾神　322
三伏大暑　324
巫者告訴我　326
不倒翁　329
天問　331
舍利子　334

代序

余幼珊

《從杜甫到達利》雖在父親過世後出版，然而是他在生前就規劃好的一本書，要收錄的文章也都已經擬定，而九歌原本也打算繼嵩壽祝慶的《舉杯向天笑》之後，再以此書慶賀耆壽，可惜父親未及配戴今年的茱萸就先離世了。

父親在此評論集中收入了二十九篇文章，我依照其性質分成五輯，第一輯是篇幅較長的評論（即父親所謂的「正論」），第二輯是父親的古典文學論，第三輯收入各類藝術形式的評論及亡友悼文，編入第四輯的是為朋友後輩所寫的序文，而最後一輯則以幾篇賀文做為結尾。

此外，父親在二〇一五年出版了《太陽點名》和《粉絲與知音》之後，又寫了十幾首詩和四篇散文，這些作品無法單獨集結成冊，因此我將這些詩文以又一章的方式收在此書中，以免混淆評論集的性質。

另外特別要說明的是，第一輯的〈中西田園詩之比較〉，乃父親於二〇一五年受香港中文大學之邀，主持新亞書院六十五周年學術講座暨「錢賓四先生學術文化講座」，特別為此場合所撰。而〈新儒林外史〉則是為二〇〇九年中央大學紀念錢鍾書百歲所舉辦之研討會而作。

第二輯古典文學論，除了東坡居士一文，其餘皆是父親摔傷之後所作。摔傷之後父親不再去學校工作、教學，閒來便讀古詩詞，有感而發為文。前四篇表達了他對蘇軾和杜甫之喜愛兼佩服，而〈免繳遺產稅的現金〉和〈吟誦千年始能傳後〉兩篇，則因二〇一七年教育部修改課綱欲刪除文言文比例，父親為此鳴不平。詩人渡也先生曾說父親是位「大俠」，除了參與演講評審等活動不遺餘力，對於他奉獻一生的文學和文字之事，也總是挺身護衛。這兩篇文章寫於八十九歲之高齡，足見父親不因年邁體衰而心靈遲鈍。

第三輯中較為特別的是〈寧讓科技秒殺？〉一文。父親不使用任何電子產品，連提款卡都沒有，唯一使用的「先進」機器是傳真機和影印機。二〇一五年全球行動互聯網在臺北召開會議，之所以請父親去參加，是好奇他不用電子產品如何過日子？在這電子時代，父親確實還能生存，而且活得頗自在。然而他並不全面排斥電子時代的種種現象，在文字上他很敏銳地伸出觸角，將新學到的一些俚俗語融入作品，而且竟然還擔任了第一屆到第八屆臺灣大哥大myfone行動創作的簡訊獎評審，也嘗試寫了一些有趣的簡訊。我最喜歡的兩則是：「不要再買了。LV，只是Love的一半。」以及「母親，感謝你送我的這一副牙齒，一直耐用至今，否則這世界我怎麼消化得了。」在〈寧讓科技秒殺？〉這篇短文中，他提醒大家要慢活，我不由得想起，在他還能開車上高速公路時，春天總會帶朋友學生去國道一號看盛開的木棉，青光眼和白內障尚未太惡化時，夜晚也總是抬頭觀星。他生活忙碌，稿債沉重，但是不忘慢活。

也因此，在又一章中，仍有他為沙糖橘所寫的慢活詩，但是，八十七歲之後，他身體漸衰，加上跌了一跤傷及腦部，開始感受到老、病的威脅。所以，在生命最後兩年，父親終於不得不開始思考死亡的問題，遂有〈天問〉這樣的詩作。去年十一月入院前，他還構思了一首以「陽關」為題的詩，並告訴我，這首詩很難寫，但寫成了會是一首好詩。此詩未能完成，而他已到了陽關之外，留給我們的，是這本新書，以及無盡的思念。

輯一

唯詩人足以譯詩？

1

譯界久有「唯詩人足以譯詩」之說，其實未必盡然。當代的譯詩名家如梁實秋、施穎洲、楊憲益、王佐良、許淵沖、魏里、霍克思（David Hawkes）、彭鏡禧、金聖華等，均非詩人。儘管如此，卻沒有人認為「唯散文家足以譯散文」，或者「唯小說家足以譯小說」。可見詩在各種文體之中，該是最難翻譯，所以似乎應由當行本色的詩人來應付。

其實詩人大半不足以譯詩，因為寫詩可以選擇自己熟悉的主題與詩體，而譯詩卻必須遷就原詩的主題與詩體，躲避不掉。寫詩乃展己之長，譯詩卻是成人之美。目前的新詩人十之八九都自稱是在寫自由詩，於格律詩素欠鍛鍊，一旦要譯西方的格律詩如十四行詩

（sonnet）或四行體（quatrain），怎麼就有功力應付？自由詩善放而不善收，怎麼能應付收斂有度的古典詩？所以硬譯之態，不是句長失控就是押韻勉強，甚至放棄押韻。

此外，譯者在自己的母語之外，至少得通一種外文。如果他將外文詩譯成母語，就必須充分了解外文，並充分掌握母語，而對於原文涉及的主題也應具適度的知識。所以我常說，譯者是不寫論文的學者，沒有作品的作家。準此，則譯者也是一種學者。但是一般的詩人未必是夠格的學者，甚至未必是詩學家；而另一方面，往往也不是兼擅雙語的通人。

2

當年我在南京讀高中，國文課本裡竟然有譯詩，令我十分驚喜。原文是拜倫的〈哀希臘〉（The Isles of Greece），由拜倫後期的長篇傑作《唐璜》摘出。〈哀希臘〉一詩三譯，詩體各殊：蘇曼殊譯成五古，馬君武譯成七古，胡適則譯成騷體。我一收到課本，就發現這三篇譯文，吟誦再三，非常感動，心想「有為者當如是也」，他日我也要譯詩。

這三位譯者都是詩人：蘇曼殊與馬君武本來就是古典詩人；胡適的氣質並非詩人，雖然適逢新舊交替，乘潮而起，成了新詩的先驅，詩藝實在不精，幸而他的譯文用了騷體，而非生澀淺白的語體，所以吟詠起來遠勝於他刻意鼓吹的白話詩。

中西詩人譯詩蔚為盛況，分析起來大致不外三途：將外語詩譯成母語；將母語詩譯成外語；將自己的詩譯成外語。

第一類將外語詩譯成自己的母語，應該最為常見：因為此一過程所要求的，是對外語的了解，加上對母語的掌握，其方向是「入境」，入母語之語境。相反地，第二類將母語詩譯成外語，要具備的條件是對母語的了解，加上對外語的掌握，其方向是「出境」，也就是入外語之語境，畢竟不如第一類那麼方便，順手。因此五四以來中國詩人如胡適、郭沫若、徐志摩、梁宗岱、卞之琳、馮至、穆旦等大都是將外文詩譯成中文，卻罕見將中文詩譯成外文。在英語世界，外詩（古詩）英譯也常出詩人之手，有名的例子包括齊阿地（John Ciardi）所譯但丁的《神曲》、華納（Rex Warner）所譯尤利比底斯的《米蒂亞》、葛瑞格利（Horace Gregory）所譯的卡大勒思抒情詩、甘寶（Roy Campbell）所譯的卡德隆的《人生如夢》。但是將英文詩倒譯成外文的卻少見，倒譯成古文的更不可能。古代的情況也如此，一部英國文學史，從魏亞特爵士（Sir Thomas Wyatt）與塞瑞伯爵（Henry Howard, the Earl of Surrey）到蔡普曼（George Chapman），朱艾敦（John Dryden）、頗普（Alexander Pope）、庫伯（William Cowper）與羅賽蒂（D. G. Rossetti），眾多詩人所譯的莫非荷馬、但丁、維榮的作品。

3

不過將外語詩，尤其是古外語詩譯成母語，有一個含糊的地帶，那地帶不能算是正式的翻譯，只能算是「改編」（adaptation），「改寫」（rewriting），「整容」（transfiguration），或「脫胎換骨」（transformation），亦即莎士比亞所說的「海變」（sea change/into something rich and strange）。例如江森的名詩〈贈西麗亞〉（Ben Jonson: To Celia），就是取材自希臘辯士費洛斯崔特斯的《書翰集》（*Philostratus: Epistles*）五段文字，加以整編，改寫成詩，傳後迄今而享譽不衰。另一佳例是頗普的名詩〈隱居〉（Alexander Pope: Solitude），乃自羅馬詩人霍瑞斯的〈長短句：第二篇〉（Horace: Epode II）摹擬而來；據說當時頗普只有十二歲，真是神童。

現代詩的顯例可舉龐德的「名作」The River-Merchant's Wife: A Letter。這首詩其實是譯自李白的樂府〈長干行〉；原詩與譯詩如下：

長干行

妾髮初覆額，折花門前劇。

郎騎竹馬來，遶床弄青梅。
同居長干里，兩小無嫌猜。
十四為君婦，羞顏未嘗開。
低頭向暗壁，千喚不一回。
十五始展眉，願同塵與灰：
常存抱柱信，豈上望夫臺？
十六君遠行，瞿塘灩澦堆，
五月不可觸，猿聲天上哀。
門前遲行跡，一一生綠苔，
苔深不能掃，落葉秋風早。
八月蝴蝶黃，雙飛西園草，
感此傷妾心，坐愁紅顏老。
早晚下三巴，預將書報家。
相迎不道遠，直至長風沙。

The River-Merchant's Wife: A Letter

While my hair was still cut straight across my forehead
I played about the front gate, pulling flowers.
You came by on bamboo stilts, playing horse,
You walked about my seat, playing with blue plums.
And we went on living in the village of Chokan:
Two small people, without dislike or suspicion.

At fourteen I married My Lord you.
I never laughed, being bashful.
Lowering my head, I looked at the wall.
Called to, a thousand times, I never looked back.

At fifteen I stopped scowling,
I desired my dust to be mingled with yours

Forever and forever and forever.
Why should I climb the lookout?

At sixteen you departed,
You went into far Ku-to-yen, by the river of swirling eddies,
And you have been gone five months.
The monkeys make sorrowful noise overhead.
You dragged your feet when you went out.

By the gate now, the moss is grown, the different mosses,
Too deep to clear them away!
The leaves fall early this autumn, in wind.
The paired butterflies are already yellow with August
Over the grass in the West garden;
They hurt me. I grow older.
If you are coming down through the narrows of the river Kiang,

Please let me know beforehand,
And I will come out to meet you
As far as Cho-fu-sa.

先論詩體，原詩是五古，換韻自由，共有四韻。英譯沒有押韻，不必苛求；句長相當參差，與原詩頗有出入，幸而句型大半是西方詩的煞尾句（end-stopped line），和漢詩相去不遠。再論詩意，就頗有訛誤。「竹馬」誤為bamboo stilts，不可思議。「抱柱信」的典故躲掉了，情有可原；就算勉強譯出，又要加注，反而不美。「五月不可觸」是指峽石當流，夏日水漲成了暗礁，舟人難防，不是夫君遠行，一連五個月失去聯絡之意。「一一生綠苔」誤成the different mosses，更難明其意。「八月蝴蝶黃」譯成yellow with August，很美，但是古中國的八月已入白露、秋分，應該譯成September了。至於「感此傷妾心，坐愁紅顏老」之美，遠非英文的They hurt me. I grow older之淺白無趣可比，但也不必奢求了。

倒是原詩的三個地名「長干里、瞿塘灩澦堆、長風沙」變成了有音而無意的Chokan, Ku-to-yen, Cho-fu-sa，簡直抽象得毫無詩意，尤其「長風沙」與「道遠」的呼應更完全失去。其實龐德根本不通中文，連粗通都說不上。他這麼收編中國文學，攘據詩經與李白，大半是依賴費內羅沙的遺孀提供乃夫的稿件。逕以譯詩自命，其實只是轉譯，當然隔靴搔癢，不但地名和化，連李白的大名竟也以Rihaku的面貌出現。龐德是現代主義的教父，更是海明威、喬艾斯、艾略特，尤其是艾略特的師兄。他兼通多種語文，有意融貫「古今英外」，最喜歡向古典與中世紀甚至東方的傳統去串聯轉化，翻新主題與詩體，其結果簡直像國際文學的公然走私，那些假翻譯為創作的「作品」也頗像現代繪畫的拼貼藝術（collage）。他的師弟艾略特更大言不慚宣稱龐德「發明了中國詩」。前輩葉慈也指出他的詩：「風格多於形式……像一個才氣橫溢的即興作家，只瞄一眼某卷不知來歷的希臘傑作，逕自迻譯了起來。」

4

我一生寫詩近一千首，譯詩當在四百首以上：譯詩之中大半是將英美詩譯成中文，另有六十首是土耳其現代詩經英譯轉譯而來。至於將中文詩譯成英文，也接近二百首，其中超過一百首是英譯我自己的創作。餘下的便是我將中國的古典詩詞與臺灣其他詩人的創作譯成英文。我可以毫不猶豫地宣稱：我中譯的英美詩，比起龐德英譯的漢詩如〈長干行〉與〈何草不黃〉來，當然貼近原詩得多，因為我對自己母語掌握不會遜於龐德之於英語，而我對英美詩的了解必然遠高於龐德之於漢詩。我這麼說，並無自誇之嫌，因為英語納入我國語文課本，成為中學必修的第一外語，已近百年：中國人的英語程度當然遠高於英美人的中文程度。實際的情況是：中國人學英語已經這麼久，學好了沒有還難說，但是自己的中文卻相對疏遠了，不但疏遠了，而且在英文的壓力下，變得越來越西化，有時甚至淪為惡性西化。時至今日，用中文來譯英文，遠比用英文來譯中文「順手」，因為濡染既久，中文「遷就」英文早成習慣，而英文根本還沒有開始「遷就」中文。且以崔顥的〈橫塘〉為例：

家臨九江水，
來去九江側；
同是長干人，
生小不相識。

其中的詩意，換了是經過英文「洗禮」（洗腦）的一般新詩人來寫，可能如下：

我家啊就在長江的邊上，
所以來來去去都不外岸邊：

我們原來是南京的同鄉，
卻從小就沒有機會見面。

所謂新詩究竟「新」在哪裡呢？無非是文法打扮得西化些，多攙些囉唆的虛字冗詞進去。因此今日，用已經西化成習的中文來譯英文，當然比用尚未漢化的英文來譯中文「順手」得多。我中譯英詩，對於原文的格律，認真亦步亦趨，緊追其段式、句式、韻式，讀者僅憑譯文就看得出原詩的體貌和節奏。且以朱艾敦的〈論米爾頓絕句〉（Epigram on Milton）為例：

Three poets, in three distant ages born,
Greece, Italy, and England did adorn.
The first in loftiness of thought surpassed,
The next in majesty, in both the last:
The force of nature could no farther go;
To make a third, she joined the former two.

三位詩人，遠生在三個時代，
為希臘、義大利、英國添光采。
第一人以思想之高超出眾，
第二人以雄偉，第三人兼通：
造化之功更無力向前推移，
為生第三人惟將前二人合一。

朱艾敦此詩用的體裁是英雄體的偶句（heroic couplet）。下列佛洛斯特的名詩〈雪晚林邊歇馬〉（Stopping by Woods on a Snowy Evening）的獨特詩體，則是將英詩傳統最常見的四行體與但丁《神曲》使用的三行連鎖體（terza rima）巧加結合。即使在我的譯文中，讀者也看得出此詩的體態：

Whose woods these are I think I know.　我想我認得這座森林。
His house is in the village though;　林主的房子就在前村；
He will not see me stopping here　卻見不到我在此歇馬，
To watch his woods fill up with snow.　看他林中飄滿的雪景。

My little horse must think it queer
To stop without a farmhouse near
Between the woods and frozen lake
The darkest evening of the year.

我的小馬一定很驚訝，
周圍望不見什麼人家，
竟在一年最暗的黃昏，
寒林和冰湖之間停下。

He gives his harness bells a shake
To ask if there is some mistake.
The only other sound's the sweep
Of easy wind and downy flake.

馬兒搖響身上的串鈴，
問我這地方該不該停。
此外只有微風拂雪片，
再也聽不見其他聲音。

The woods are lovely, dark, and deep.
But I have promises to keep,
And miles to go before I sleep,
And miles to go before I sleep.

森林又暗又深真可羨，
但是我已經有約在先，
還要趕多少路才安眠，
還要趕多少路才安眠。

格律詩要譯得工整，難能可貴，但是所謂自由詩要譯得流暢卻不落入散文化，也絕非易事。下面我所譯的艾略特中期作品〈三智士朝聖行〉（Journey of the Magi），限於篇幅，只引其首段：

"A cold coming we had of it,
Just the worst time of the year
For a journey, and such a long journey:
The ways deep and the weather sharp,
The very dead of winter."
And the camels galled, sore-footed, refractory,
Lying down in the melting snow.
There were times we regretted
The summer palaces on slopes, the terraces,
And the silken girls bringing sherbet.
Then the camel men cursing and grumbling
And running away, and wanting their liquor and women,

And the night-fires going out, and the lack of shelters.
And the cities hostile and the towns unfriendly
And the villages dirty and charging high prices:
A hard time we had of it.
At the end we preferred to travel all night,
Sleeping in snatches,
With the voices singing in our ears, saying
That this was all folly.

「好冷的，那次旅途，
撿到一年最壞的季節
出門，出那樣的遠門。
道路深陷，氣候凌人，
真正的隆冬。」
駝群擦破了皮，害著腳痛，難以駕馭，
就那麼躺在融雪之上。

好幾次，我們懊喪地想起
半山的暑宮，成排的坡屋，
還有綢衣少女進冰過的甜食。
然後是駝奴們罵人，發牢騷，
棄隊而逃，去找烈酒和女人，
營火熄滅，無處可投宿，
大城仇外，小城不可親，
村落不乾淨，開價還很高：
苦頭，我們真吃夠。
終於我們還是挑夜裡趕路，
趕一陣睡一陣，
而一些聲音在耳邊吟唱，說
這完全是愚蠢。

5

我將母語譯成英文，有三種方式。第一種是譯中國古典詩，第二是譯當代臺灣的新詩，第三則是譯自己的詩。譯古詩為英文，最難。古詩用語簡潔，少用英文慣用的前置詞、連接詞、代名詞，甚至主詞與受詞，但在英譯時常需補足，所以譯文的句子常會冗長。例如「江村、江月、江風」一類複合名詞，到了英文裡面就無法保持簡潔，不可逕譯river village, river moon, river breeze。例如「一樽還酹江月」在英譯時就得補上主詞與前置詞，說成什麼Let me offer libation to the moonlit river。如果譯成I'll pour a cup of wine on the moon's reflection on the river，就更不像詩了。典故也是一大難題：如果要直譯，不但難懂、冗贅，而且阻礙了上下文的暢流；如果意譯，又會喪失歷史或神話的呼應。至於地理的專有古稱，例如「吳頭楚尾」、「塞北江南」、「樓船夜雪瓜洲渡，鐵馬秋風大散關」之類，到了英文裡都變得平面而抽象。更大的困境是韻律：五言或七言的奇偶相濟不可能轉為英詩行中的頓挫（caesura），平仄的呼應更無能為力。韻要押得穩當而又自然，亦大費周章。要安排可押之字在句尾出現，往往牽一髮而動全身，非句法之高手不能為功。要是讓人看出是勉強在「湊韻」，就不足道了。我英譯的古詩不過三十首，有一些是因為寫英文論文需要引證，只能自己動手來譯。下面是蘇軾的七絕名作〈題西林寺壁〉、顧敻的詞〈訴衷情〉與我的英譯：

題西林寺壁　Inscribed on the Wall of Xilin Temple

橫看成嶺側成峰，　A ridge in full view, but, sideways, a peak:
遠近高低各不同。　With distance and angle the spectacles change.
不識廬山真面目，　The truth about Mount Lu is hard to tell
只緣身在此山中。　So long as you're within the mountain range.

訴衷情　The Heart's Complaint

永夜拋人何處去？　Whither have you gone all night long,
　絕來音，　　Message there is none?
　香閣掩，　　My bower's shut,
　眉斂，　　　My brows knit,
　月將沉，　　The moon about to set.

爭忍不相尋？
　怨孤衾，
換我心，
為你心，
　始知相憶深。

How could you refrain from coming?
O the lonely bed:
Just trade your heart with mine
To know how much I pine.

6

臺灣現代詩人之中有好幾位身兼學者，並通英文，而且英譯過自己的詩，甚至編譯過臺灣的現代詩選：葉維廉和張錯都是顯例。齊邦媛為國立編譯主編的英譯《臺灣現代文學選》中，我也參加翻譯，英譯過約八十首詩。至於我英譯自己的詩八十五首，也已出版了中英對照本《守夜人》（*The Night Watchman*），由臺北九歌出版社印行。

整部英國文學史中，似乎從未有詩人自譯其詩為外文甚至出版專書的例子。西方詩人成名後，可以等外國的譯者來譯介其詩，不勞自己來動手。何況歐洲的作家與學者往往兼通一種甚至數種外文，尤其是歐洲的幾大語系。時至今日，英文實際上已成世界語，因此英、美、加、澳、紐西蘭、南非，甚至印度的作家，只要寫好母語，就不愁沒有外國讀者，直接來讀原文，或間接來讀譯本。白居易和蘇軾不必面對這問題，朝鮮、日本、安南的讀書人都懂漢詩。他們只要把漢文寫好，根本無需學習外文，更不勞自己來譯詩。但是今日亞洲的詩人，包括以中文為母語的詩人，如要贏得英語世界的知音，就必須借助於翻譯。譯詩的高手顯然少於其他文類，於是詩人而能譯詩者，就只有自己來動手了。

有人說，有三件事情只能用母語來做：吵架、遺囑、寫詩。我可以用英文寫論文，但是除遊戲之作，從未打算用英文來抒情、寫詩。不過翻譯自己的詩是另一回事，因為感情已經表現完整，只要用另一種語文來呈現。誤解，當然不會，但是要說得跟母語一樣好，卻不可能。只能盡力逼近原文，至於能逼多近，就要靠英文的功力了。

我讀英詩，畢竟有六十多年了，而教英美詩，前後也有三十多年，英詩的意象、節奏、韻律、句法早已深入我的感性，成為我詩藝的一大來源。英詩的基本節奏，諸如抑揚五步格（iambic pentameter）與抑揚四步格（iambic tetrameter）等等，久已為我的聽覺所吸收，變成我呼吸的習慣了。因此我的詩分段時，自然吸收了英詩的段式（stanzaic structure），而一氣呵成不分段時，英詩的無韻體（blank verse）自然就融入了中國的七言古詩，一方面一句橫跨數行甚至十行以上，另一方面又隨機押韻、轉韻，其結果是大開大闔，兼有兩者的彈性與氣勢。我的詩得益於英詩既如此之多，反過來譯成英文時非但不會格格不入，反而裡應外合，順理成章，與英譯中文古詩之難以交融，大不相同。

雪萊曾經英譯過希臘、羅馬、西班牙與德國的詩，篇幅雖然不長，但是也不失為有益的鍛鍊。但丁的《神曲》他雖然只譯過五十多行，但也練習了三行換韻的連鎖體，俾在他的名作〈西風頌〉中，將此體與十四行詩巧妙結合，開闔吞吐，十分壯闊。我在熟讀英詩，久教英詩之外，更漢譯了兩百多首英美詩，下的功夫超過雪萊很多。凡此種種的自我鍛鍊，等到我英譯自己的創作時，真正像「養兵千日，用於一朝」所言，自然合成一氣，為我所用。對於兼通雙語的詩人說來，創作與翻譯相輔相成，都有助於自己的詩藝。以下且引我英譯自己的詩四首：兩首是分段的格律詩，另外兩首是不分段落的整體詩，一半上承中國的「古風」，一半旁採西方的「無韻體」，看看我是否真能融匯中西，提煉出合金來：

民歌

傳說北方有一首民歌
只有黃河的肺活量能歌唱
從青海到黃海
風　也聽見

A Folk Song

By legend a song was sung in the north
By the Yellow River, with her mighty lungs.
From Blue Sea to Yellow Sea,
It's heard in the wind,

沙　也聽見

如果黃河凍成了冰河
還有長江最最母性的鼻音
從高原到平原
魚　也聽見
龍　也聽見

如果長江凍成了冰河
還有我，還有我的紅海在呼嘯
從早潮到晚潮
醒　也聽見
夢　也聽見

有一天我的血也結冰
還有你的血他的血在合唱

And heard in the sand.

If the Yellow River froze into icy river,
There's the Long River's most motherly hum.
From the plateau to the plain,
It's heard by the dragons,
And heard by the fish.

If the Long River froze into icy river,
There's myself, my Red Sea howling in me.
From high tide to low tide,
It's heard full awake,
And heard full asleep.

If one day my blood, too, shall freeze hard,
There's the choir of your blood and his blood.

從A型到O型
哭　也聽見
笑　也聽見

冰姑，雪姨

——懷念水家的兩位美人

冰姑你不要再哭了
再哭，海就要滿了
北極熊就沒有家了
許多港就要淹了
許多島就要沉了
不要再哭了，冰姑

From type A to type O,
It's heard while crying
And heard while laughing.

Aunt Ice, Aunt Snow

—in memory of two beauties in the Water family

Aunt Ice, please cry no more
Or the seas will spill all over,
And homeless will be the polar bear,
And harbors will be flooded,
And islands will go under.
Cry no more please, Aunt Ice.

以前怪你太冷酷了
可遠望，不可以親暱
都說你是冰美人哪
患了自戀的潔癖
矜持得從不心軟
不料你一哭就化了

雪姨你不要再逃了
再逃，就怕真失蹤了
一年年音信都稀了
就見面也會認生了
變瘦了，又匆匆走了
不要再逃了，雪姨

以前該數你最美了
降落時那麼從容

We blamed you for being so cold,
Fit to behold, but not to hold.
We called you the Icy Beauty,
Mad with self-love on keeping clean,
Too proud ever to become soft.
Yet, when you cry so hard, you melt.

Aunt Snow, please hide no more
Or you will truly disappear.
Almost a stranger year after year,
When you do come, you're less familiar,
Thinner and gone again sooner.
Please hide no more, Aunt Snow.

You were beloved as the fairest:
With such grace you used to descend,

比雨阿姨輕盈多了
潔白的芭蕾舞鞋啊
紛紛旋轉在虛空
像一首童歌，像夢

不要再哭了，冰姑
鎖好你純潔的冰庫
關緊你透明的冰樓
守住兩極的冰宮吧
把新鮮的世界保住
不要再哭了，冰姑

不要再躲了，雪姨
小雪之後是大雪
漫天而降吧，雪姨
曆書等你來兌現

Even more lightly than Aunt Rain.
Such pure white ballerina shoes
Drift in a whirl out of heaven
Like a nursery song, a dream.

Cry no more please, Aunt Ice.
Lock up your rich treasury,
Shut tight your translucent tower,
And guard your palaces at the poles
To keep the world cool and fresh.
Cry no more please, Aunt Ice.

Hide no more please, Aunt Snow.
"Light Snow is followed by Heavy Snow."
Descend in avalanche, Aunt Snow!
Your show the Lunar Pageant waits.

來吧，親我仰起的臉
不要再躲了，雪姨

Come and kiss my upturned face.
Hide no more please, Aunt Snow.

如果遠方有戰爭

如果遠方有戰爭，我應該掩耳
或是該坐起來，慚愧地傾聽？
應該掩鼻，或應該深呼吸
難聞的焦味？　我的耳朵應該
聽你喘息著愛情或是聽榴彈
宣揚真理？　格言，勳章，補給
能不能餵飽無饜的死亡？
如果有戰爭煎一個民族，在遠方
有戰車狠狠地犁過春泥
有嬰孩在號啕，向母親的屍體

If There's a War Raging Afar

If there's a war raging afar, shall I stop my ear
Or shall I sit up and listen in shame?
Shall I nip my nose or breathe and breathe
The smothering smoke of troubled air? Shall I hear
You gasp lust and love or shall I hear the howitzers
Howl their sermons of truth? Mottoes, medals, widows,
Can these glut the greedy palate of Death?
If far away a war is frying a nation,
And fleets of tanks are ploughing plots in spring,
A child is crying at its mother's corpse

號啕一個盲啞的明天
如果一個尼姑在火葬自己
寡慾的脂肪炙響一個絕望
燒曲的四肢抱住涅槃
為了一種無效的手勢。如果
我們在床上，他們在戰場
在鐵絲網上播種著和平
我應該惶恐，或是該慶幸
慶幸是做愛，不是肉搏
是你的裸體在懷裡，不是敵人
如果遠方有戰爭，而我們在遠方
你是慈悲的天使，白羽無疵
你俯身在病床，看我在床上
缺手，缺腳，缺眼，缺乏性別
在一所血腥的戰地醫院
如果遠方有戰爭啊這樣的戰爭
吾愛，如果我們在遠方

Of a dumb and blind and deaf tomorrow;
If a nun is squatting on her fiery bier
With famished flesh singeing despair
And black limbs ecstatic round Nirvana
As a hopeless gesture of hope. If
We are in bed, and they're in the field
Sowing peace in acres of barbed wire,
Shall I feel guilty or shall I feel glad,
Glad I'm making, not war, but love,
And in my arms writhes your nakedness, not the foe's?
If afar there rages a war, and there we are-
You a merciful angel, clad all in white
And bent over the bed, with me in bed
Without hand or foot or eye or without sex
In a field hospital that smells of blood.
If a war O such a war is raging afar,
My love, if right there we are.

翠玉白菜

前身是緬甸或雲南的頑石
被怎樣敏感的巧腕
用怎樣深刻的雕刀
一刀刀，挑筋剔骨
從輝石玉礦的牢裡
解救了出來，被瑾妃的纖指
愛撫得更加細膩，被觀眾
豔羨的眼神，燈下聚焦
一代又一代，愈寵愈亮
通體流暢，含蓄著內斂的光
亦翠亦白，你已不再
僅僅是一塊玉，一顆菜
只因當日，那巧匠接你出來
卻自己將精魂耿耿

The Emerald White Cabbage

Ore-born of Burmese or Yunnan descent,
By whose hand, sensitive and masterly,
Driving and drilling its way so surely,
Leaving clean all the tendons and bones,
Are you released from the jadeite jail?
Refined further by the fingers of Jin,
The royal concubine, and polished bright
By the spectators' adoring gaze
Focused under the light, year after year,
Until a liquid clarity is lit within,
Verdant and pearly; no longer are you
Merely a piece of jade or a cabbage
Since the day the sculptor set you free
And left, instead, his own devoted soul

投生在玉胚的深處
不讓時光緊迫地追捕
凡藝術莫非是弄假成真
弄假成真，比真的更真
否則那栩栩的螽斯，為何
至今還執迷不醒，還抱著
猶翠的新鮮，不肯下來
或許，他就是玉匠轉胎

Reincarnate in the womb of the jade,
Beyond the relentless pursuit of time.
Art is simply play become truth,
Truth at play, even truer than real.
Or why is that vivid katydid,
Unmoved in its belief, still holding on
To the fresh green without regret?
Perhaps it's the sculptor in his rebirth . . .

半世紀來臺灣的現代詩已習於不用標點符號，讀者勢必自己去分段、斷句，決定某一行詩究竟是起句還是續句，是承先還是啟後，因此易生誤會。我英譯自己的詩，一定加上標點，以便釐清文意，方便讀者，同時也表示自己的詩是經得起文法的考驗的。其實一首詩如果通不過文法的究詰，恐怕命意本就不清。某些譯者英譯未加標點的現代詩，也不加上標點，我認為並不可取。

前列四首之中，〈民歌〉與〈冰姑，雪姨〉是分段詩，格律較為工整，近於歌曲，因此句法明快而短捷，多煞尾句而少跨行。〈如果遠方有戰爭〉與〈翠玉白菜〉則是不分段的整體詩，因此句法有長有短，長短相濟，長者多見跨行，體勢近於西方的無韻體，但仍有用韻，則又是繼承中國的古風了。凡此種種，在英譯之中也保留了下來。

然而我自己的英譯，究竟只能算翻譯呢還是變相的創作呢？當然是翻譯。其實創作也是一種翻譯：將作者內心的美感經驗翻譯成語言。美感經驗是情感、思緒、感官直覺等等的混合，必須經過澱定、澄清、重整、提煉之後，始能落實成為文字。如果美感經驗是「本文」，則詩正是其譯文，不過「本文」究竟是什麼狀態，一開始並不清楚，更難窺全貌，必須在「翻譯」時才逐漸成形，而終於真相大白。譯者與作家的差別，在於譯者一開始就面對一篇眉目清楚的原文。他無須去澄清、提煉，卻必須把原文帶入另一「語境」的世界，必須入境問俗，才能一路過關，順利「到位」，成為快樂的「移民」。在這過程中，譯者仍有相當的自由，可以選擇最恰當的字眼，安排最有效的順序，營造最自然的組合。同一原文，而譯文妍媸互異，成敗各殊，就全看譯者的修養與功力了。如果譯者是詩人，所譯又是自己的詩，可謂「一心二用」，只要真正用心，當可「見異思遷」，將此心「移民」到另一身體裡去。如此說來，詩人自譯也未必沒有重生甚至輪迴的機會。如果龐德竟然可以假道日本租界逕攘李白的詩為自己的創作，則我自譯的詩難道不能宣稱是自己的領土，自己的填海新生地，海外殖民地？

但是詩人自己也知道，有些作品，有些詩句，或因典故曲折，或因遺辭別致，或因音調特殊，總之，都像烙了母語的胎記，簡直無法在國際上展覽，就只能留在本土，等待民族的知音了。也就是說，有些作品是不能譯的。無論什麼高手都譯不出去的。且舉數例如下：在〈飛將軍〉一詩中，我寫到李廣射虎、中石、沒簇的傳說。

弦聲叫，矯矯的長臂抱
咬，一匹怪石痛成了虎嘯
箭羽輕輕在搖

在〈山雨〉中，我用立體主義（cubism）與點畫派（pointillism）的技法描摹雨景。

霧愈聚愈濃就濃成了陣雨
人愈走愈深就走進米南宮裡
路愈轉愈暗就暗下來吧黃昏

在〈絕色〉中，我把月亮比成譯者，能將金色的日光譯成銀色，又把雪也比成譯者，能將汙濁的世界譯成純潔，到了末段更引出美人在月光下雪地上如何婀娜走來：

若逢新雪初霽，滿月當空
下面平鋪著皓影
上面流轉著亮銀
而你帶笑地向我步來
月色與雪色之間
你是第三種絕色
不知月色加反光的雪色
該如何將你的本色
——已經夠出色的了
合譯成更絕的豔色？

——二〇〇九年二月

新儒林外史
——悦讀錢鍾書的文學創作

摘要

錢鍾書乃二十世紀中國之大學者兼名作家，不但於文、史、哲三者之經典有廣博而深邃之研究，而於中西詩學之融貫尤有貢獻，抑且才華洋溢，更發為國語文學之名家，用流暢而幽默之白話寫出小品文、短篇小說、長篇小說各一部，產量不多，成就不俗。

本文指出錢氏學富才高，畢竟以學為先，行有餘力兼事創作，乃厚積之薄發，是以筆下之小品文實為學者散文，而所作之小說，《人・獸・鬼》與《圍城》，亦以散文家之筆法益以戲劇家之對話，來刻畫人物，諷喻世情，活潑生動，堪比英國十八世紀之費爾丁，與十九世紀之王爾德。錢氏說故事之風格又似《唐璜》作者拜倫，夾敘夾議，錦心繡口，實乃引人入勝之說書人。至於文體，則錢氏各體皆擅：文言、白話、俚調、西語，莫不維妙維肖，實為無施而不宜之「戲擬家」（parodist）。是以錢氏於治學之餘，游於創作、實集散文家、文體家、戲擬家、諷刺家於一身，為五四以來所僅見。惜乎一九四九以後，政治掛帥，有筆難揮，致第二部小說《百合心》徒懸於意園神樓，無以問世。

正文

二十世紀中國的文學家裡，才學並高者，應推錢鍾書第一。才氣能與他相比的，倒有幾位，學問能與他並勝的，就很難找了。他的淵博兼通古今中外：《管錐編》包羅了文、史、哲三門；《談藝錄》與《宋詩選註》於詩學探討極深，前者尤其是中西逢源的比較文學，為傳統詩話開拓了新疆。錢氏家學淵源，父親是國學名家錢基博；加以西學不但深邃，更通數國語文，便於旁徵博引。但是他對「新學」，對五四以來的新文學並不佩服，尤其不屑新詩，所以用白話來創作時，寫了一部長篇小說，一本短篇小說集，和一本單薄的小品文集，卻從不寫新詩。這和民初的許多名家，包括胡適、周作人、冰心、朱自清、梁實秋等人，年輕時都寫過新詩，很不相同。錢鍾書年輕時和楊絳相戀，寫給她的情詩竟是七言律詩，詞句更從宋、明理學家的語錄化出，足見他一早就深於舊詩而疏遠了新詩。[1] 夏志清寫《中國現代小說史》，一新耳目的就是為錢鍾書與張愛玲各闢一章，與魯迅、茅盾分庭抗禮。錢鍾書不是左派鼓吹的「進步作家」，正如張愛玲不是現代派標榜的「前衛作家」。錢氏晚年名滿天下，但早年的知音不是什麼新文學家，而是舊詩的同好如「李丈拔可、徐丈森玉」[2]、鄭朝宗、吳宗匡等人。錢氏其實是積極意義的保守主義者，深心繼承的是始於杜甫，輾轉經過韓愈、李商隱、黃庭堅、元好問而集大成於陳散原的沉鬱頓挫，苦澀回甘。所以他歷論古詩罕提李白，偶及蘇軾，更無論元、白。所以在《圍城》裡，他迫不及待，假董斜川之口指出：

> 近代的舊詩當然是陳散原第一……，唐以後的大詩人可以把地理名詞來包括，叫「陵谷山原」。三陵：杜少陵，王廣陵，梅宛陵；二谷：李昌谷，黃山谷；四山：李義山、王半山、陳後山、元遺山；可是只有一原，陳散原。[3]

1 見吳忠匡，〈記錢鍾書先生〉，收入《寫在人生邊上／人・獸・鬼》（臺北：書林出版公司，一九八九年），頁198-202。
2 見錢鍾書，〈序言〉，《談藝錄》（香港：中華書局，一九八六年）。
3 見錢鍾書，《圍城》（臺北：大地出版社，二〇〇七年），頁108。

方鴻漸懦怯地問道：「不能添一個『坡』麼？」董斜川答：「蘇東坡，他差一點。」蘇東坡不入董斜川的法眼，蘇曼殊與黃公度就更別提了。「蘇曼殊詩裡的日本味兒，濃得就像日本女人頭髮上的油氣。」至於對當代的新詩人，當然也不會有什麼好話。董斜川說：「新詩跟舊詩不能比！我那年在廬山跟我們那位老世伯陳散原先生聊天，偶爾談起白話詩，老頭子居然看過一兩首新詩。他說還算徐志摩的詩有點意思，可是只相當於明初楊基那些人的境界，太可憐了。」[4]

《圍城》裡有兩個新詩人。蘇文紈是留法歸國的新科博士，研究論文寫的是《中國十八家白話詩人》。她喜歡上浪蕩不羈的方鴻漸，有意委身而不獲青睞，後來竟嫁給也是詩人的曹元朗。追隨西方現代派的前衛詩人曹元朗，食洋不化，濫用洋典故，竟然也是無字無來歷，令方鴻漸噁心，當然也是錢鍾書擺布的。

錢氏既邃於舊詩又不屑新詩，所以他只寫舊詩，不但用心很深，而且相當多產。柯靈說他「究心學術之餘，不廢吟咏，清辭麗句，憂世感時，偶有披露，讀者爭傳」。[5] 其實他憂世感時之作，尤其是愈到晚年，並非清辭麗句，倒是江西派的沉潛苦澀。抗戰時期和他在藍田唱酬過兩年的吳忠匡，也讚他的詩「律法精嚴，格高韻遠，極耐人尋味」，但也忍不住指出：「他的詩也難免由於過分的雕鏤，句意都不無晦澀，要讀懂它實在很費力氣。」錢氏也曾向吳忠匡自白，不甘被人目為宋詩，並稱「於少陵、東野、柳州、東坡、荊公、山谷、簡齋、遺山、仲則諸集，用力較劬……，或者病吾詩一『緊』字，是亦知言」。[6] 錢氏舊詩寫得雖多，似乎只在行家解人之間相互唱和，卻無意公諸大眾，何況詩意不論如何含蓄，總難掩蓋憂世之情、不免引起政治敏感。一直要到他晚年，世人才能在《槐聚詩存》的專集中暢讀這些作品。錢氏的舊詩，一方面寄託深婉，甚至無字無來歷，但另一方面，尤其是在比喻，卻又戛戛獨造，生動尖新，令人難忘。早年自賀三十五歲生日的妙句：「書癖鑽窗蜂未出，詩情繞樹鵲難安」[7]，恐怕王安石、黃庭堅看到也不免刮目。晚年的一聯：「脫葉猶飛風不定，啼鳩忽噤雨將來」[8]，龔自珍見了大概也會點頭。不過也有一些詩恐怕難覓解人，究其原因，不外使事過隱，出處太曲折，致氣勢不暢，因此我和一些朋友，如黃維樑、黃國彬，都覺得錢氏對舊詩三昧入之雖深，所寫舊詩在他的創作之中未必最好。

錢鍾書的身分，學者與作家的比重應該是八比二。他的評論洋溢著才情，妙喻不斷，

---

4 錢鍾書，《圍城》，頁108。
5 柯靈，〈閒話中書君〉，收入《寫在人生邊上／人・獸・鬼》，頁186。
6 三段引文俱見吳忠匡，〈記錢鍾書先生〉。
7 見楊絳，〈記錢鍾書與《圍城》〉，收入《圍城》附錄，頁377。
8 吳忠匡，〈記錢鍾書先生〉，收入《寫在人生邊上／人・獸・鬼》，頁189。

不甘株守學術著作的幫規。反之，他的創作字裡行間都是學問，暢達的白話後面能感到文言的修養，腹笥的深厚。我們面對的是一位「學者作家」，但是讀張愛玲的小說，不會有這種感覺。一九四七年《圍城》出版於上海，很快就引發了不少評論，包括左派的攻訐。我的表姊孫蘊璞叫我一定要讀這本奇書。一讀之下我眼界大開，原來白話小說不必寫得像巴金或茅盾；原來小說家還真能博古通今，學貫中西，嘲弄留學生與學府中人還真內行，太好看了，簡直是「新儒林外史」。

可惜《圍城》出版兩年之後，新制度就取代了舊政權，一切文化，包括文藝的價值，就得取決於政治的是非。不但《圍城》不能再談，就連其作者也必須韜光養晦，趨吉避凶。早在一九五八年，他所編的《宋詩選註》就已飽受批判。一直要等到一九八〇年，改革開放之始，人民文學出版社才重新排印。當年《圍城》在上海初版，一時轟動，錢氏乘興又計畫寫一部小說，書名《百合心》，已成稿兩萬字；可惜一九四九年夏天他從上海遷去北京，忙亂之中竟失去初稿，掃興之餘，後來也就罷手了。所以他一生的白話創作也就只有一部長篇小說、一本短篇小說集、一小冊小品文集：三種文類都是「獨一無二」（one of a kind），生不逢辰，注定了只能做鶴立雞群的名家，而非海納百川的大家。夏志清破天荒將錢鍾書與張愛玲抬舉成經典，但純論小說，張可謂大家，錢僅為名家：張或可攀比簡・奧斯婷，錢只好比愛密麗・布朗黛。不過張不能算大學者，而錢卻是一代學術重鎮，所以「錢學」似乎又重於「張學」了。

《寫在人生邊上》與《人・獸・鬼》當年由開明書店出版，前者刊於一九四一年，後者刊於一九四六年。《寫在人生邊上》是一本小冊子，僅收小品文十篇，每篇平均二千字，僅〈魔鬼夜訪錢鍾書先生〉超過三千字，是一例外；但全書分量遠不及梁實秋的《雅舍小品》。篇幅雖然「麻雀五臟」，學識上引經據典，左右逢源，更涉及三種外文，「含金量」卻不輕。不過作者妙想聯翩，奇喻不斷，舉重若輕，融匯貫串之餘，總能把學問提煉為見識，加上文采，成為合金。這對五車之富的大學者說來，不過厚積薄發，牛刀小試。當時我初讀，雖然才大二，卻欣然有會，十分佩服，覺得遠勝於冰心、巴金、朱自清、俞平伯等五四名家。一般文藝青年習於淺近的白話，浪漫的抒情，恐怕就會嫌深嫌密，並且錯過其中的諷刺，尤其是正話反說（paradox）的修辭語法。作者富於彈性的風格，尤其是融文於白、化西入中的句法，給我的啟示頗大，說服我白話也可以寫得精簡，西化也可以馴為中用。在他的啟示下，我的文體雖不能說「添了一甲子功力」，至少也早熟了十年。錢鍾書既能把八大家的古文接通英國的小品文，我告訴自己，有為者亦當如是。[9]

9 在《宋詩選註》的序言裡，錢氏的白話文變得有點冗墜而且西化，與他一貫的流暢自然頗不一致。也許那只是迫於從眾順時，好通過上面的審查，足見政治壓力如何扭曲語言，正如歐威爾在〈政治與英語〉（George Orwell: Politics and the English Language）一文中所懼。

錢氏的散文，讀者每恨其少，其實不然，因為他這方面的才情文采在小說的領域還大可馳騁。大凡小說家裡，擅於抒情、寫景的就近於詩；擅寫對話，多用對話的就近於戲劇；擅於敘事、議論，亦即「夾敘夾議」的，雖為小說家看家本領，也就自然而然，近於散文。綜合而言，現代小說更啟發了，同時也學習了電影。

《圍城》的小說技巧大約可分三種：第一是每章開頭常有一段介紹，或交代人物，或設定場合，或縱談人生，少則數百字，長則逾千言。每章的中段也常有補敘，以為呼應。第二是故事展開時，常有精采的對話，一方面有助刻畫人物，一方面如聞其聲，促進敘事的臨場感，總之把讀者變成了聽眾、觀眾。第三則是正面的敘事，除外在的動作，還交代內在的心情，但在敘事與描寫之中仍穿插議論。由此看來，《圍城》的敘事近於「全知」的觀點，作者不但知道方鴻漸內心的起伏變化，也隨時可以出入蘇文紈或唐曉芙的內心。對話的部分固然有戲劇的生動，具臨場感，但是往往文采出眾，口才太好，似乎刻意炫耀，不像隨口說出：顯然是大學者大才子錢鍾書才情過剩，不甘麗質自棄，於是編排給人物去說的，卻又說得如此語妙天下，而且針鋒相對。王爾德喜劇裡的臺詞正是如此。例如蘇文紈的婚禮趙辛楣送了花籃，方鴻漸問送了什麼花，趙辛楣說：「反正吩咐花店送就是了，管它是什麼花。」方鴻漸竟大發議論說：「應當是杏花，表示你愛她，她不愛你；還有水仙，表示她心腸太硬；外加艾草，表示你為了她終身痛苦。另外要配上石竹花來加重這涵義的力量。」鴻漸與辛楣這一對難兄難弟，從情敵的對立變成失戀的相憐，那種喜劇的跌宕生姿，是錢氏筆下創造的絕配，也是中國現代小說的絕招。不過好友之間的閒聊竟然轉彎抹角，要祭出如此的學問，動用這般的修辭，還是才子的逞能，不是小說家的本分。在這方面，張愛玲就顯得比較「專業」。

因此我覺得，錢鍾書是以散文家的筆法來寫小說，以諷刺家的冷眼旁觀世界，對待愛情。他的風格其實相當十八世紀，有史威夫特與頗普之風，稱得上是一位奧古斯敦（Augustan）。

《圍城》最好看的部分是每章的起頭跟其後穿插呼應的夾敘夾議。其議並非正規的說理，而是富於理趣甚至情趣的，因對話、動作、心情而起的詮釋。短一點的一閃而逝，有如妙想聯翩旋生旋滅的水泡，錢氏一向慣於揮霍。長的因字生字，因句引句，風行水上，自然成紋，乃是學富才高的自然產品，往往就成了可以獨立觀賞的小品文。例如下列這段：

方鴻漸到了歐洲，既不鈔敦煌卷子，又不訪《永樂大典》，也不找太平天國文獻，更不學蒙古文、西藏文或梵文。四年中倒換了三個大學，倫敦、巴黎、柏林；隨便聽幾門功課，興趣頗廣，心得全無，生活尤其懶散。第四年春天，他看

> 銀行裡只剩四百多鎊，就計畫夏天回國。方老先生也寫信問他是否已得博士學位，何日東歸。他回信大發議論，痛罵博士頭銜的毫無實際。過幾天，又收到丈人的信，說什麼：「賢婿才高學富，名滿五洲，本不須以博士為誇耀。然令尊大人乃前清孝廉公，賢婿似宜舉洋進士，庶幾克紹箕裘，後來居上，愚亦與有榮焉。」方鴻漸受到兩面夾攻，才知道留學文憑的重要。這一張文憑，彷彿有亞當、夏娃下身那片樹葉的功用，可以遮羞包醜。[10]

這麼一段文字，本身就已是一篇小品，白話文寫得乾淨漂亮，氣韻流暢。那封老派長輩的尺牘，雖不高雅，卻逼肖舊時書信的文言與封建意識，「洋進士」一詞更酸腐可笑。足見錢氏筆下，兼具白話、文言、俗語、西語之勝，語言立體而且多元，從來不患詞窮筆困。要寫《圍城》這種小說，作者還得是個文體家，能夠各體兼擅，才會無往不利。錢氏正是這麼一位「戲擬家」（parodist），從方遯翁到Jimmy張，從曹元朗、褚慎明到董斜川、汪處厚，從鮑小姐、范小姐到孫柔嘉，他在紙上的學舌擬態，莫不維妙維肖。

小說刻畫人物，如果是自己，則近於自畫像；如果是他人，則近於他像；如果是一群人，則近於群像。自畫像較具內省的深度；群像則較具戲劇的臨場感，一面要探索人際的關係，一面還得渲染背景的氣氛。古典畫家受僱於教會、宮廷或富貴之家，畫的不是獨像便是群像，後者尤以宗教、傳說或歷史題材為然。荷蘭兩大畫家，林布蘭（Rembrandt）與梵谷都留下許多自畫像，形神俱妙，等於作家的自傳。林布蘭還留下不少群像，最聞名的當推《夜警》（*Night Watch*）與《布商公會的理事》（*Syndics of the Cloth Drapers' Guild*）。梵谷貧窮而孤寂，沒有機會受僱為群體畫像，僅在早年自動畫了一幅傑作，對象是昏燈矮屋裡的《食薯人家》（*The Potato-Eaters*）。

錢鍾書的小說風格和這些畫家大不相同，但是他的人物刻畫，最精采、最生動、最富喜劇感的場合，卻可比畫家的群像。安排群像最方便也是最熱鬧的場合，就是把浮華世界的男男女女——往往是痴男怨女——聚在同一宴席的四周。王爾德的喜劇也慣用如此的招數，不過西洋的茶會酒宴流動性較大，不像中式那樣圍住餐桌團團坐定。《圍城》裡最有趣的高潮場面，便是第三章情敵擺下的鴻門宴，和第七章同事張羅的相親宴。鴻門宴的主人是趙辛楣，典型的留美博士，苦追才女留法博士蘇文紈不遂，誤會遊學無成的浪子方鴻漸是礙事的情敵，請來的兩位陪客是空頭哲學家褚慎明，舊詩才子董斜川，好當眾考驗方鴻漸自稱修過的哲學與詩學。方鴻漸果然經不起考，強喝罰酒又無量，竟至嘔吐。主人正

10 錢鍾書，《圍城》，頁19。

自慶勝利，不料蘇文紈卻自動用私家車送狼狽的輸家回家。席間的談吐雖然只為戲謔，但厚積薄發，也只有錢鍾書的才學始能驅遣，茅盾的《子夜》就不能為功。

相親宴的主人汪處厚，是湖南三閭大學中文系的主任。他的太太在窮鄉僻壤的校園悶得發慌，好心要為教育系講師范小姐和外文系劉主任的妹妹劉小姐做媒。正好新來的趙辛楣和方鴻漸都是單身，便在家中設宴，來為計畫中的兩對撮合。辛楣與鴻漸好奇赴宴，才發現浪漫的紅線所牽，原來是自作多情的范小姐和平凡自卑的劉小姐，只好抑下失望，勉強維持禮貌，卻對美麗而率性的女主人十分驚豔。席間高校長不速闖來，因擬行導師制並禁止教授宿舍賭博，引起爭執，為女主人所不滿。席終兩位單身教授礙於禮貌，不得不送兩位女客回家。一路上范小姐藉故要支開另一對，好單獨與趙辛楣親近；兩紳士卻聯合陣線，見招拆招，務必不讓范小姐得逞，真正令人絕倒。

前後兩宴一共包括十二個人物，喜劇的效果，無論是敘事、描寫、對話、議論，都飽滿無憾，達到諷刺小說的至境。相親宴前面一連三整頁對汪處厚的出場介紹，本身就是絕妙小品。

如此生動的宴會場面，在《人・獸・鬼》的〈貓〉一篇裡還有一場，若要認真析論，恐得另寫專文。〈貓〉長達五十多頁，幾乎要趕上《傾城之戀》，頗近中篇了。全篇的高潮占了一半的篇幅：文化界的名流在美麗的女主人誘召之下，高談闊論，舌粲蓮花，也是在杯箸之間。主人李建侯是民初的遺少，有閒有錢。女主人愛默是北京有名的美人，李府的邀宴總是北京名流嚮往的盛會。據說這一對影射的是梁思成與林徽音；女主人顯然對得上，男主人可謬以千里。來賓八人，出場依次是馬用中、袁友春、陸伯麟、鄭須溪、趙玉山、曹世昌、傅聚卿、陳俠君。每人出場，作者都有一段介紹，短則半頁，例如馬用中，長則兩頁，例如趙玉山，都是行雲流水，舉重若輕的妙文，議論酣暢時如老練的雜文，描摹傳神時又像誇張的漫畫：足證錢鍾書真是層出不窮的散文家。例如寫袁友春的這段：

> 斜靠在沙發上，翹著腳抽菸斗的是袁友春。他自小給外國傳教士帶了出洋。跟著這些迂腐的洋人，傳染上洋氣裡最土氣的教會和青年會氣。承他情瞧得起祖國文化，回國以後，就向那方面花工夫。他認為中國舊文明的代表，就是小玩意、小聰明、幫閒湊趣的清客，所以他的宗旨彷彿義和拳的「扶清滅洋」，高擱起洋教的大道理，而提倡陳眉公、王百谷等的清客作風。

說的顯然就是林語堂。這麼昭彰的漫畫瞞得了誰呢？偏偏在《人‧獸‧鬼》的自序裡，作者又鄭重聲明：「書裡的人物情事都是憑空臆造的……假如誰要頂讓自己是這本集子裡的人、獸或鬼，這等於說我幻想虛構的書中角色，竟會走出了書，別具血肉、心靈和生命，變成了他。」這豈不是「此地無銀」嗎？再舉一例：「陸伯麟，就是那個留一小撮日本鬍子的老頭兒……除掉向日葵以外，天下怕沒有像陸伯麟那樣親日的人或東西。」這是作者的旁白。不久作者又借陳俠君之口說：「平時的日本通，到戰事發生，好些把名稱倒過來，變成『通日本』，——伯老，得罪得罪！」無可置疑，指的就是周作人了。

「舉動斯文的曹世昌，講話細聲細氣，柔軟悅耳，隔壁聽來，頗足使人誤會醉心……假使他說的是老實話，那末他什麼事都幹過。他在本鄉落草做過土匪，後來又吃糧當兵，到上海做流氓小弟兄，也曾登臺唱戲，在大飯店裡充侍者，還有其他富於浪漫性的流氓經驗……他現在名滿文壇，可是還忘不掉小時候沒好好進過學校，老覺得那些『正途出身』的人瞧不起自己，隨時隨地提防人家損傷自己的尊嚴……因為地位關係，他不得不和李家的有名客人往來，而他真喜歡結識的是青年學生，他的『小朋友們』。」這一段該是沈從文了。

至於趙玉山，鐵證如山，一看便知是趙元任。早在《寫在人生邊上》的〈釋文盲〉一文中，錢氏就已指陳：「有一位語言學家說：『文學批評全是些廢話，只有一個個字的形義音韻，才有確實性』……假如蒼蠅認得字，牠對文學一定和那位語言學家看法相同。眼睛生得小，視界想來不會遠，看詩文只見一個個字，看人物只見一個個汗毛孔。」在〈貓〉這篇小說裡，作者是這麼介紹趙玉山的：「西裝而頭髮剃光的是什麼學術機關的主任趙玉山。這機關裡雇用許多大學畢業生在編輯精博的研究報告。最有名的一種，《印刷術發明以來中國書刊中誤字統計》，就是趙玉山訂的題目。據說這題目一輩子做不完，最足以培養學術探討的耐久精神。他常宣稱：『發現一個誤字的價值不亞於哥倫布的發現新大陸。』哥倫布是否也認為發現新大陸並不亞於發現一個誤字，聽者無法問到本人，只好點頭和趙玉山同意。」這一番話，加上作者又提到趙玉山如何懼內，並花了近千字形容，更證實了此人必為趙元任。

其他四人想必也各有所本，若能探出本尊，當然也很有趣。小說人物固然未必量身打造，拘於寫實，不過趙元任（生於一八九二）、周作人（生於一八九五）、林語堂（生於一八九五）、沈從文（生於一九〇二）四人大致同輩，又皆名人，自然可以同席，而林徽音生於一九〇三，也是理想的沙龍女主人。其他四人中，鄭須溪「立志要做個『全人』，抱有知識上的帝國主義，把人生各方面的學問都霸占著算自己領土」。作者又說他「又瘦又小」，頗像羅家倫，但此人又是留德的天文學家，卻不符合。

小說家錢鍾書也是諷刺家，眼中的人性多為負面，而處理種種負面的手法，有時是幽默，但更常見的是譏嘲。讀《圍城》不像看它改編成的電視連續劇：小說家錢鍾書往往不甘隱身幕後，忍不住會從旁指指點點，像是說書人。說書人太有個性，太有趣了，就算他借題發揮，暫時把故事擱在一邊，我們也樂得姑妄聽之，因為太好聽了。這也令人想起拜倫的「充史詩」《唐璜》（*Don Juan*），把一個浪蕩公子的故事拿來說書，說著說著，就夾敘夾義，發揮起說書人自己的人生觀、愛情觀來了。唐璜心地善良，意志薄弱，最易為女性所乘，也與方鴻漸略同。唐璜浪蕩江湖，隨遇而安，正如方鴻漸遊戲人生，浪蕩於域外，學府、情場與家庭之間，男人欺之，女人誘之。六十年前，我還是大二學生，讀《圍城》而樂之，不久又在儲安平主編的《觀察》週刊上讀到林海的書評〈《圍城》與《湯姆・瓊斯傳》〉。[11] 林海把錢氏的傑作拿來比十八世紀英國小說家費爾丁的代表作 *The History of Tom Jones, a Foundling*，並稱兩者均屬於「惡漢體小說」（Picaresque novel）。Picaro乃西班牙文，意為「惡漢」沒錯。但唐璜、湯姆、鴻漸都非惡漢，只能算是浪子。此一文類當改稱「浪子小說」。錢鍾書慣用的說書人口吻，一方面是繼承中國舊小說「看官有所不知」的插嘴，一方面也是採用英國傳統小說家在故事進行的間歇所作的旁白。（費爾丁尤其愛在每章前面站出來評說一番，這種風格也出現在《唐璜》裡，也難怪拜倫要讚舉費爾丁為「用散文刻畫人情之荷馬」（the prose Homer of Human nature）。）

不過費爾丁對人性仍具信心，對罪人仍較寬厚：他不能容忍的是「作惡」，而非「犯罪」。《圍城》中的儒林人物，芸芸眾生，林廣在他的書評裡一言以蔽之，「非愚即誣」。清新可人的唐曉芙恐怕是唯一的例外。董斜川雖然也略受戲謔，畢竟形象上還是駐外武官，遺少才子，畢竟錢鍾書鄙視的只是新詩人，而非與他酬唱的「吾黨言詩有癖者也」。[12] 至於鴻漸與辛楣這一對難兄難弟，為善無志，作惡無膽，尤其是鴻漸，雖然非愚非誣，卻儒弱而苟且，是一灰色人物，也難怪《圍城》以喜劇始而以悲劇終。

不過說是悲劇，卻是言重了：悲劇的主角該是英雄，至少是掙扎求生的志士或君子。錢鍾書是諷刺家，首當其衝的是愛情，然後是其苦果，婚姻。《圍城》人物的愛情似乎都可笑，而其婚姻似乎都可悲。蘇文紈與曹元朗、汪處厚與汪太太，李建侯與愛默、才叔與曼倩，更不用說方鴻漸與孫柔嘉，都不是佳偶。婚姻如圍城的巧喻，其實應該分開來看。「城外的人拚命要衝進去」，還是愛情的喜劇。「城裡的人拚命要逃出來」，才是婚姻的悲劇。有時候，所謂悲劇也無非鬧劇而已。也就難怪，《圍城》這本絕妙奇書，我看過不下十遍，總覺前面的七章，嬉笑怒罵，皆成文章，但是從第八章起，後面的四分之一，儒夫怨婦，家常勃谿，就瑣碎不好看，潦倒不忍讀了。同樣地，〈貓〉到了喧賓散盡，只留下美麗而寂寞的女主人，也成了反高潮。大學者大才子錢鍾書，正如王爾德，只合飛揚跋扈去指點喜劇，家庭的陰鬱哀沉不如交給張愛玲去收拾。

11 事隔六十年，已忘該期的《觀察》確切的出版日期。大概是在一九四八年底。甚盼知者見示。
12 見錢鍾書，〈序〉，《談藝錄》。

頗有一些讀者覺得，錢氏嘲諷人性，下筆嫌太刻薄。我有時也有此感。醋少可養生，醋多則傷胃。任何時代都應該有一位諷刺家，給我們一面照妖鏡，讓我們嚇一跳，清醒一下。不過區別在於：錢鍾書像王爾德，什麼都可以諷刺，不像某些意識掛帥的作家，只單向諷刺某一地區，某一職業，某一階級。

——二〇〇九年十二月

譯無全功
——認識文學翻譯的幾個路障

希臘神話裡有九個姊妹，號稱「九繆思」，來輔佐詩神阿波羅，共掌文藝的創作。不過她們的專職不很平衡，例如歷史與天文都各有所司的繆思，而藝術卻無人管，至於翻譯，就更無份了。翻譯好像不是創作，但對於文化的貢獻至為重大：如果沒有佛經和《聖經》，宗教能夠普及麼？如果西方文學不經翻譯，能夠促進中國的新文學麼？所以我曾戲言：如果繆思能擴充名額，則第十位繆思應該認領翻譯。

一位夠格的翻譯家，尤以所譯是文學為然，應該能符合這幾個條件：第一，他應該通兩種語文，其一他要能深入了解，另一他要能靈活運用。如果不能充分了解「施語」（source language），就會曲解；另一方面，如果無力驅遣「受語」（target language），就會隔靴搔癢，辭不達意。此外，他還得具備兩個條件：專業知識與常識。作品既然表現人生百態，題材自然不一而足，譯者防不勝防，怎能樣樣都懂？只能盡人事吧，例如多查資料，多請教行家，多參考前例等等。倒是常識十分重要：此情此景，能有此事麼？放在上下文裡，說得通麼？說不通，就有問題了，必須另謀出路。

再回到前文提到應通兩種語文之事，關鍵全在這「通」字，如果只停留在語文的表面，仍不算真通，譯者還要透過語文去了解它背景的文化，也就是形而上的上下文，才算到位。例如西方的dragon雖可中譯為龍，但和中國文化的龍大有差異；jade雖然指玉，但其他的含意卻為負面，而jaded更是負面的形容詞。另一要求，便是文學作品的譯者還得應付各種文體：包括詩、散文、戲劇、評論等等。譯詩得像詩，譯戲劇臺詞得像口語，否則就沒「到位」，所以稱職的譯家理應是一位文體家。例如格言，如果是一般文章所引，其「語境」當突出於較白的上下文，才能成就「立體感」，也才能成就「權威」。譯小說，甚至譯論文，其中若引了詩句，怎麼能躲過不譯或譯得不像詩呢？我譯史東名著《梵谷傳》（*Lust for Life*），其〈聖瑞米〉一章之第二回，貝隆大夫對梵谷說了一段話，曾引英國詩人朱艾敦（John Dryden）之句："There is pleasure, sure, in being mad, which none but madmen know." 我譯成「狂中自有狂中樂，除卻狂人誰得知？」要這樣譯，才像詩，而且平仄對仗，像是七絕或七律。文言出現於白話的上下文裡，始成立體。又例如法國文豪伏爾泰的名言 "The best is the enemy of the good." 有人譯成「最佳容不得尚佳」，又有人譯成「上佳是次佳的敵人」，都似乎還不到位。我收到研究生的習題，乃改成「至善者，善之敵也」。這才是「精益求精」的本意，但用文言說來，才像格言。再舉莎翁商籟一一六號為例：

Let me not to the marriage of true minds
Admit impediments.

如果直譯為「讓我不對真心的結合／承認有障礙」或是「讓我不對真情的姻緣／接受其挫折」，都不像詩。關鍵全在原文的句法和中文格格不入，恐須另起爐灶才行。也許可以大動手術，譯成：

兩心相許竟橫加阻擋，
豈甘罷休。

或者稍加變通，改成：

兩心相許而良緣受梗，

我決不甘休。

相對於「詩無達詁」，我們甚至於可說「譯無全功」。文學的翻譯，尤其是難有達詁的詩文翻譯，要求竟其全功，實在是可遇而不可求。兩種語文，先天背負著各自的文化傳統，要求其充分通譯，一步到位，實在是奢求，所以好的翻譯不過是某種程度的「逼近」（approximation），不是「等於」。理想的原文與譯文，該是孿生，其次是同胞，再次是堂兄表妹之屬，更差的就是同鄉甚至陌生人了。翻譯正如婚姻或政治，是一種妥協的藝術：雙方都得退讓一步。所謂直譯，就是讓譯文委屈一點，而意譯，就是比較委屈原文。此於成語格言之類為尤然。成語翻譯，最容易攀親認故，有點語貫中西的得意。例如Great minds think alike就易聯想到「英雄所見略同」，而The leopard does not change his spots也易於搭上「江山易改，本性難移」。但是有人把If the sky falls we shall have larks譯成「塞翁失馬，焉知非福」，就似乎扯得太遠了。其實好的譯文不但方便了讀者，同時也可以擴大讀者的視域，讓他直接欣賞到異國的情趣。所以前引的If the sky falls we shall have larks，也大可「直譯」成「天塌下來，也有雲雀可吃」。雲雀一飛冲天，正如雪萊所言，所以天如塌下，正可饗餮雲雀，也非全然壞事：說來多麼樂觀瀟灑！因此適度的直譯能夠引進外國的成語，擴大本國的語境。

一個人長期從事翻譯，如果能把經驗歸納為心得，就等於修了一門比較語言學。我一生譯過十五本書，免不了也累積了一些心得。在此一一道來，或許對後之譯者不無助益。

抽象名詞在西文中十分普遍，中文卻頗難對應。詞典裡多的是internationalization一類的名詞，中文譯來是「國際化」，倒很省事。中文的方塊字在文法上往往沒有明確的身分。例如一個「喜」字，可以是名詞（喜怒哀樂），可以是形容詞（喜氣洋洋），可以是動詞（人皆喜之），還可以充副詞（王大喜曰），全由上下文來斷定。英文成語Familiarity breeds contempt. 有人譯成「親暱生狎侮」，似乎文了些；其實此語近於「近之則不遜」，也不妨簡化為「久狎失敬」或「近狎則鄙」，無論如何，在中文裡其抽象性就不明確。王爾德的四部喜劇我全譯過，他的臺詞就常見抽象名詞，例如《不可兒戲》（*The Importance of Being Earnest*）裡少女Gwendolen如此形容她的監護人：Earnest has a strong upright nature. He is the very soul of truth and honour. Disloyalty would be impossible to him as deception. 抽象名詞之多真難消化。末句如果譯成「不忠對於他將如欺騙一樣不可能」，不但聽眾聽來茫然，演員說來更是可笑。我的譯文是「他絕對不會見異思遷，也不會作假騙人」。中文的四字詞千萬不可小看。在詩文裡它也許不宜多用，但一般人的口頭和演員的臺詞裡，比起二字詞來，卻響亮而穩當。所以用中文的短句來化解英文的抽象名詞，該頗有效。同一劇中Lady Bracknell有臺詞如後：Sit down immediately. Hesitation of any kind is a sign of mental decay in the young, of physical weakness in the old. 第二句首的hesitation一詞，如果只譯成「猶豫」或者「遲疑」，都太簡短而且突兀。我的譯文是「猶豫不決，無論是什麼姿態，都顯示青年人的智力衰退，老年人的體力虛弱」。化解之道，仍然是以四字短句來取代二字名詞。

另一問題是專有名詞，及其專有的形容詞。這些字眼往往都比較深，難以雅俗共賞，用在戲劇臺詞裡時，尤其不易一聽就懂。王爾德的《不可兒戲》用典不多，我在譯文裡一律加以通俗化了。例如希臘神話的Gorgon，我乾脆譯成「母夜叉」；It is rather Quixotic of you，我譯成「你真是天真爛漫」。最可笑的一句是電鈴忽響，少年亞吉能驚呼：「啊！這一定是歐姨媽了。只有親戚或者債主上門，才會把電鈴撳得這麼驚天動地」。後面的一句原文是Only relatives, or creditors, ever ring in that Wagnerian manner. 真是好笑，因為當時華格納去世不久，又是與王爾德爭雄的蕭伯納大力鼓吹的歌劇大師，其音樂鼓號震耳，以氣魄見長。可惜這典故解人固然一聽就笑，但一般聽眾，尤其是中國的聽眾，未必都懂。

代名詞及其所有格，乃西文文法之常態，出現率極高，遠高於中文文法。英文的複合長句，在主詞尚未出現時，其代名詞竟然會出現在其前的附屬子句，例如 Before he moved to Glasgow with his parents, Edwin Muir had been an islander, a native of the Orkneys. 中文文法絕對不可如此，中國古典詩的靈巧自如，一大原因正在少用代名詞。例如王維的七絕〈九月九日憶山東兄弟〉：「獨在異鄉為異客，每逢佳節倍思親。遙知兄弟登高處，遍插茱萸少一人」。用英文文法來說，勢必加上一大堆代名詞：「我獨自在異鄉做客，我每逢佳節就會倍加思念我的親人。我遙知我的兄弟登高處，他們遍插茱萸，唯獨少了我一人」。又如李白〈宣州謝脁樓餞別校書叔雲〉的名句：「抽刀斷水水更流，舉杯消愁愁更愁」。如果用英文文法來說，就會變成「我抽刀斷水，它更流；我舉杯消愁，它更愁」。西文慣用代名詞及其所有格，可舉雪萊長詩〈白峰〉（Mont Blanc）為極端之例。該詩長一百四十四行，其首段及次段四十八行所用 thou、thee、thine、it、its、his、they、their、I、my、that、which、whose 等等，竟多達三十四處。這些可怕的「路障」簡直要令譯者大嘆「行路難」。再舉朱艾敦的〈亞歷山大慶功宴〉（John Dryden: Alexander's Feast）來說明：

The master saw the madness rise,
His glowing cheeks, his ardent eyes;
And while he heaven and earth defied,
Changed his hand, and checked his pride.

詩中場合是亞歷山大既敗波斯，大張慶宴，樂官狄馬諧師奏樂助興，大帝聽了意氣風發。Master指樂官；二、三兩行的his和he，均指大帝；末行的兩個his卻各有所指，前一個指樂官手法一變，高調轉低，後一個指大帝豪氣頓歛。四行詩用了五個代名詞，末行緊接的兩個his卻分指不同的人。如此混淆，怎能照譯呢？只好一概不理，譯成「手法一變，令君王頓歛豪情」。

中文常有實字、虛字之說。所謂實字，多為具體可見，指的是名詞、動詞、狀詞，其他的詞類則大半承上啟下，依附於實字之間，稱為虛字。實字乃文句之主體，功在結構之平衡。虛字乃其附體，功在伸縮自如。散文用字往往虛實交錯；詩貴精練，多用實字。杜甫的「造化鍾神秀，陰陽割昏曉」，平衡而鏗鏘，全用實字。陳子昂的「念天地之悠悠，獨愴然而涕下」，加入了散文的成分，也就是動用了虛字，失去平衡，卻添了彈性。用這種觀點來看英文，則介詞和連結詞都像是虛字，很難翻譯，更不可直譯。例如 He is on duty，只能譯成「他正值班」，卻看不出有介詞。又如 She is with child，只能譯成「她有孕」或「她是孕婦」，也不像有介詞。至於連結詞，中文也遠比英文少用，例如「父子」、「夫妻」、「左右」、「前後」都不用連結。不但名詞之間如此，即使動詞之間亦然，例如「雲破月來花弄影」、「地崩山摧壯士死」、「斷絃離柱箭脫手，飛電過隙珠翻荷」，都排得很緊，根本插不下什麼連結詞。

英文裡面最難對付的虛字，該是where、when 一類的「關係副詞」，其功端在穿針引線，出沒於主句與子句之間。Where尤其難於安頓，因為它後面引進的子句多半尾大不掉。其實這種虛字根本拿不到中文的身分證，根本不必理它。頗普（Alexander Pope）的警句：Fools rush in where angels fear to tread. 用白話根本不行，但用文言卻迎刃而解。「天使不敢踐踏的地方，愚人卻一衝而進」。白話太冗長了，文言卻正好：「天使方踟躕，愚夫相競入」。英文成語 Where there's a will, there's a way. 當年我讀初中，面對這一個 where，兩個 there，再也參不透何以要這麼虛來虛去。其實這只是一個空架子，便於把實字搭上去而已，非但不必翻，而且無法翻。

另一相關的問題，是英文文法的修飾語（modifier）可以放在被修飾名詞之前，也可以放在其後。為了便於分析，不妨稱之為「前飾」或「後飾」。例如 a handsome boy of seventeen：boy的前飾是a與 handsome，而後飾是 of seventeen：前飾往往是形容詞，後飾往往是一個介詞片語（prepositional phrase）或者修飾子句（modifying clause）。例如 a fellow student of mine who excelled in basketball：a 與fellow均為前飾，of mine 則是後飾介詞片語，而 who excelled in basketball 則是後飾子句。如果我們把boy的片語譯成「十七歲的美少年」，那就只有前飾了。如果把 student那一段譯成「我的一個籃球健將的同學」，結果也只有前飾。萬一後飾很長，尾大不掉，不宜轉成前飾，則笨拙的譯者往往會硬轉成前飾，而變通的譯者就會保留其後飾的地位：例如「我有個同學，很會打籃球」。

譯詩的時候就常會面臨這問題。詩句以精練取勝，柯立基曾說詩乃「最佳的字眼，排成最佳的次序」（the best words in their best order），所以較長的後飾語最好保持後飾。濟慈的十四行詩To one who has been long in city pent，中間有這麼一段：

Who is more happy, when, with heart's content,
Fatigued he sinks into some pleasant lair
Of wavy grass, and reads a debonair
And gentle tale of love and languishment?

誰比他快樂呢，他多逍遙，
倦了，便躺在起伏的草間，
窩得好樂，而且讀一篇
優雅的故事，講為情苦惱。

A debonair and gentle tale of love and languishment 一段，有前飾也有後飾，我的譯文順水推舟，保留了原句的次序。也許有人拘於英文，會說debonair和gentle是兩個字，我的譯文何以只有一個。其實中文的「優雅」本來就是兩個同義詞組成的複合詞，詩句貴精，寸土寸金，當然能省則省。至於後飾的of love and languishment，用「講」即點出主題，足以當of之用；「為情苦惱」也已概括了love and languishment，等於用一個短句化解了一個介詞片語。這四行在穆旦的譯文裡如下：

他可以滿意地，懶懶躺在
一片青草的波浪裡，讀著
溫雅而憂鬱的愛情小說，
有什麼能比這個更愉快？

穆譯有不少毛病，不能詳述，但其中a debonair and gentle tale of love and languishment一段，他把前飾與後飾全堆在tale的前面了，因此打亂了原文的流暢節奏。再舉濟慈的十四行詩Happy is England（快哉英倫）首段為例：

Happy is England! I could be content
To see no other verdure than its own;
To feel no other breezes than are blown

Through its tall woods with high romances blent;

四行之中有兩處no other than加兩個代名詞所有格its，指的都是英國，非常難譯。末行指英國的大森林曾流傳有多少好漢出沒，不外是羅賓漢吧。我如果直譯成「它的茂林跟壯烈的傳奇難分」，未免太拘泥字面，而且難懂。我的譯文如下：

快哉英倫，我本已心滿意足，
不想出國觀賞異國的青翠，
也不望異國的清風來吹
祖國高聳的森林，英雄所出。

With high romances blent乃tall woods之後飾，我把它留後才發，不但維持了原文的節奏，而且也起了餘音不絕之效吧。這一關，譯詩者應早參透。

下面我要分析譯家的另一個「路障」。西語的句法好用插入句（parenthesis），尤其是詩句，為了押韻和節奏，常要割裂句法，其結果是在主句的骨架中插入附屬的子句或片語，交枝錯藤之餘，句法的來龍去脈往往難以追認，乃生誤讀。因此主客之勢該如何掌握，便成了學者及譯者之基本功夫。例如濟慈名詩〈希臘古甕頌〉的末五行：

When old age shall this generation waste,
Thou shalt remain, in midst of other woe
Than ours, a friend to man, to whom thou say’st
‘Beauty is truth, truth beauty, --that is all
Ye know on earth, and all ye need to know.

我們應該看出，主句是Thou shalt remain a friend to man，其前飾子句是when old age shall waste this generation，而其前飾介詞片語是in midst of other woe than ours。所以我的譯文是：

當老邁將我們這一代耗損，
你仍會久傳，去面對來世
新的煩惱，與人為友，且說
「美者真，真者美」——此即爾等
在人世所共知，所應共知。

將我的譯文和穆旦所譯相比，就可見穆旦未能看出主句的脈絡被in midst of other woe than ours的插入片語從中截斷，致上下文難以銜接：

等暮年使這一世代都凋落，
只有你如舊，在另外的一些
憂傷中，你會撫慰後人說：
「美即是真，真即是美」，這就包括
你們所知道、和該知道的一切。

在此，a friend to man不見了：friend變成了「撫慰」，man變成了「後人」。末行的all竟變成「包括」，on earth也失蹤了。

另一佳例是雪萊的十四行詩Ozymandias。其前八行如下：

I met a traveller from an antique land
Who said:'Two vast and trunkless legs of stone

Stand in the desert. Near them, on the sand,
Half sunk, a shattered visage lies, whose frown,
And wrinkled lip, and sneer of cold command,
Tell that its sculptor well those passions read
Which yet survive, stamped on these lifeless things,
The hand that mocked them and the heart that fed.

第七行的及物動詞survive，和第八行的兩個受詞the hand（of the sculptor）and the heart（of the King Ozymandias）之間，被形容詞片語stamped on these lifeless things所隔，不少粗心的譯者都會被絆一跤。從near到fed，此一長句橫跨了五行半，主句之中包含了三個附屬子句，層層相套有如俄羅斯的木偶。但是這連環套在中文的句法裡不可能保留，只好拆散了譯。下面是我的譯文：

我遇見來自古國的旅人，
說軀體不存的兩柱石足
矗立在大漠。在近旁，半沉

在沙裡，更有具破臉，怒眉緊蹙，
唇角下撇，君臨天下而冷笑。
足見雕師通透那桀驁心情，
刻入這頑石，仍栩栩如生，
而雕者的手，像主的心早朽掉。

可見我的譯文必須參透原文文法的連環套，才能化整為零，變成兩句話。我如此大動手術，是為了讀者能夠看懂。The hand that mocked them是指當年雕師得把像主的表情臨摹下來，them指前文的frown、lip、sneer。The heart that fed則指君王的表情原是君王的心情所浮現。雪萊用心實在很深。

最後談到譯文的最高層次：風格。決定風格的該是作家驅遣語言的特色，到了這個層次，就不僅是對錯的問題，而是整篇作品給讀者的總印象了。這綜合印象又和該作品的文類（genre）有關。且讓我用自己的譯品來說明。

一般譯者以為外國文學的中譯是新文學發展的副產，理應用白話文來運作。其實外國文學的經典往往是百年前甚至千年前的語文，為了在語感或語境上相應，我們也不妨酌用一些文言的語彙或句法。此所以博學的錢鍾書反而能夠接受林琴南的翻譯。其實佛經的翻譯不正是「譯梵為唐」麼？我絕對無意提倡用文言來譯西方文學，只是認為如有需要，文言也不妨出手來濟白話之不足。我自己創作詩文時，多年來就強調「白以為常，文以應變」的原則。例如葉慈的短詩〈華衣〉（A Coat），句法精簡，韻律妥貼，我就忍不住要用古樸的文言來對應：

I made my song a coat
Covered with embroideries
Out of old mythologies
From heel to throat;
But the fools caught it,
Wore it in the world's eyes
As though they'd wrought it.
Song, let them take it!
For there is more enterprise
In walking naked.

為吾歌織華衣，
織錦復繡花，
繡古之神話，
自領至裾；
但為愚者攘去，
且衣之以炫人，
若自身所手紉。
歌乎，且任之，
蓋至高之壯志
唯赤體而行。

好用典故而且擅於變奏古體的美國詩人龐德，寫過一首精美的小品，歌詠遁世逃名的情懷，叫做〈罪過〉（An Immorality）；如果純用白話來譯，就失色了：

Sing we for love and idleness,
Naught else is worth the having.

Though I have been in many a land,
There is naught else in living.

And I would rather have my sweet,
Though rose-leaves die of grieving,

Than do high deeds in Hungary
To pass all men's believing.

罪過

且歌吟愛情與懶散，
此外皆何足保持。

縱漫遊多少異邦，

人生亦別無樂事。

寧廝守自身之情人，
縱薔薇憂傷而死，
也不立大功於匈牙利，
令世人驚異不置。

但是另一方面，像美國詩人傑佛斯的〈野豬之歌〉（The Stars Go over the Lonely Ocean）的末段，就不能不用口語，甚至「粗口」，來傳其神了：

'Keep clear of the dupes that talk democracy
And the dogs that bark revolution,
Drunk with talk, liars and believers.
I believe in my tusks.
Long live freedom and damn the ideologies,'

Said the gamey black-maned wild boar
Tusking the turf on Mal Paso Mountain.

「管他什麼高談民主的笨蛋，
什麼狂吠革命的惡狗，
談昏了頭啦，騙子和信徒。
我只信自己的獠牙。
自由萬歲，他娘的意識形態」，
黑鬃的野豬真有種，他這麼說，
一面用獠牙挑毛巴索山的草皮。

同樣地，康明斯以詩為畫、以文字之伸縮重組為立體派畫風的創新，使現代詩耳目一新，而讀者變成了觀眾，譯文當然也應亦步亦趨，讓妙運「神智體」的蘇軾看了，也會撫掌而笑吧。下面是康明斯的Chanson Innocente（〈天真之歌〉）：

in Just-

spring when the world is mud-
luscious the little
lame balloonman

whistles   far   and wee

and eddieandbill come
running from marbles and
piracies and it's
spring

when the world is puddle-wonderful

the queer
old balloonman whistles
far   and   wee

and bettyandisbel come dancing

from hop-scotch and jump-rope and

it's
spring
and

the

goat-footed

balloonMan　whistles
far
and
wee

在恰恰——
春天　當世界正泥濘——

芬芳，那小小的
跛腳的賣氣球的

吹口哨　遠　而渺

艾迪和比爾跑來
扔下打彈子和
海盜戲，這是
春天

當世界正富於奇幻的水塘

那古怪的
賣氣球的老人吹口哨
遠　而　渺
蓓蒂和伊莎白跳舞而來

扔下跳房子和跳繩子

這是
春天
那個
　　山羊腳的
賣氣球的　吹口哨
遠
而
渺

——二〇一二年四月

中西田園詩之比較

1

中西田園詩之比較，是一個廣闊而繁富的大題目，不容易說得清楚。同時田園詩與田園畫互通之處不少，可以相互印證，與音樂亦可呼應：前者可舉王維詩畫兼擅為例，後者則有伯牙、子期高山流水美談。下文所論，不僅及於文藝之互通，也比較中西之異同，進一步或許還能窺略兩大文化之向背。

論者常以陶潛為中國田園詩之宗師，也承認謝靈運不但是山水詩之大家，更是山水遊記之始祖。陶詩淡而耐讀，質而實腴，在田園生活之外更探討生死之大限，感慨朝代之更迭，有哲學之深度，但《桃花源詩》反而不如代序的《桃花源記》那麼天然有趣。他在四十一歲時勉強做了不滿三個月的彭澤令，便棄官歸里，永不復出，可以說是十足的隱士。謝靈運卻大不相同，一生富貴，生活豪奢，襲封康樂公，食邑三千戶。他「奴僮既眾，義故門生亦數百」，每次出遊，「尋山陟嶺，必造幽峻……伐木開徑，直至臨海，從者數百人……在會稽亦多徒眾，驚動縣邑」，太招搖了，終於棄市。

英國十八世紀文豪約翰生博士為田園詩下的定義是：「詩中之敘事與抒情都表現鄉居生活有何影響。」其實在古人的農村社會，一般的詩作莫不以廣義的田園為背景，像〈子虛賦〉、〈上林賦〉、〈阿房宮賦〉之類的美文，已成賦體，不是詩了。田園可通山水、江湖，再放大更變成原野甚至天地。《詩經》中〈何草不黃〉之句：「匪兕匪虎，率彼曠野。哀我征夫，朝夕不暇。」這是征人的原野。〈蒹葭〉之句：「蒹葭蒼蒼，白露為霜。所謂伊人，在水一方。遡洄從之，道阻且長。遡游從之，宛在水中央。」則是戀人的江湖了。〈離騷〉的天地就兼容神與人，所以屈原可以擺脫世俗，作神話之遊：「路漫漫其修遠兮，吾將上下而求索。飲余馬於咸池兮，總余轡乎扶桑。折若木以拂日兮，聊逍遙以相羊。前望舒使先驅兮，後飛廉使奔屬。」〈招魂〉是屈原去國懷鄉，一片忠忱無可寄託，乃賦此篇，強調四方之險不可測，並為自己招魂。蘇軾強調海南，不也如此自慰麼：「餘生欲老海南村，帝遣巫陽招我魂。」《九歌》還有〈山鬼〉一篇，淒迷之中，亟言巫者與山鬼之間幽明相隔的怨戀：「若有人兮山之阿，被薜荔兮帶女羅，既含睇兮又宜笑，子慕予兮善窈窕。乘赤豹兮從文狸，辛夷車兮結桂旗，被石蘭兮帶杜衡，折芳馨兮遺所思。」〈芥子園畫傳〉把山鬼畫成持矛乘虎之鬚男，但徐悲鴻卻把她畫成白皙少女身披花草跨騎黑豹。這山鬼的傳說倒很像英國詩人柯立基《忽必烈汗》一詩中所言的demon lover。

屈原之後五百多年有竹林七賢，以阮籍、嵇康為主。他們都算得上廣義的田園詩人，至少是自甘在野的高士，作品也有浪漫慕仙的一面，但真正的所謂「遊仙詩」之作，還要等半世紀後的劉琨、郭璞，和稍晚的葛洪。郭璞的詩題已經標榜「遊仙」，下引其〈遊仙詩〉：

> 青谿千餘仞，中有一道士。雲生棟梁間，風出窗戶裡。借問此何誰，云是鬼谷子。翹跡企潁陽，臨河思洗耳。閶闔西南來，潛波渙鱗起。靈妃顧我笑，粲然啟玉齒。蹇修時不存，要之將誰使。

唐詩到了李白，又接上了屈原和郭璞等的遊仙詩脈絡。李白當然擅於誇張，誇張的捷徑往往通於典故，感性的典故又往往來自神話。這一切運作，學者固然會詮釋為作者對朝政的婉喻。遊仙詩的作者多不滿現實，想追求無限的自由：時間的自由就是超越大限，求得長生；對空間的自由就是上天下地，無遠弗屆。李白的詩幻想自己能在無限的時空中自由來去，所以氣魄高遠，令人讀了也自我幻覺跳出一切束縛。不但賀知章一見到他就呼他謫仙，連他自己也相信如此。他的長詩一首題目也長，叫做〈經離亂後天恩流夜郎憶舊遊書懷贈江夏韋太守良宰〉，就以下列四句起篇：

天上白玉京，十二樓五城。仙人撫我頂，結髮受長生。

詩到中段又對韋太守說：

僕臥香爐頂，餐霞漱瑤泉。門開九江轉，枕下五湖連。

〈登太白峰〉也有仙氣：

西上太白峰，夕陽窮登攀。太白與我語，為我開天關。願乘冷風去，直出浮雲間。舉手可近月，前行若無山。

〈短歌行〉更豪言造化之變、見證之奇：

白日何短短，百年苦易滿。蒼穹浩茫茫，萬劫太極長。麻姑垂兩鬢，一半已成霜。天公見玉女，大笑億千場。吾欲攬六龍，迴車挂扶桑。北斗酌美酒，勸龍各一觴。富貴非所願，為人駐頹光。

〈夢遊天姥吟留別〉是典型的遊仙詩，可以直逼〈離騷〉：

霓為衣兮風為馬，雲之君兮紛紛而來下。虎鼓瑟兮鸞回車，仙之人兮列如麻。

中唐李賀的〈夢天〉同樣見證造化之變，既劇又驟，時間被空間化了：

老兔寒蟾泣天色，雲樓半開壁斜白。玉輪軋露濕團光，鸞珮相逢桂香陌。黃塵清水三山下，更變千年如走馬。遙望齊州九點煙，一泓海水杯中瀉。

此種遊仙詩興，到了宋朝卻少延續。宋詩好用典說理，殊失唐詩自然餘韻，但議論則縱橫詠史，抒情則落實生活，也自有一片天地。例如李白詠史往往只在懷古，王安石詠史才真見議論。王安石寫田園之生動，恐怕美國的意象派詩人也自歎不如。他的七絕〈書湖陰先生壁〉之一後二句，意象之明麗何遜莫內與塞尚：「一水護田將綠遶，兩山排闥送青來。」另一首七絕〈南浦〉後二句也在工整中見天然：「含風鴨綠粼粼起，弄日鵝黃裊裊垂。」蘇軾更不消說，〈飲湖上初晴後雨〉其二，以水光山色妙寫晴雨，然而巧用西子之典故，以淡妝濃抹呼應瀲灩與空濛，由實入虛，最富創意。

到了南宋，還有陸游之詩不甘偏安，矢志光復，所以梁啟超譽為「亙古男兒一放翁」。不過悲憤之餘，仍有田園生活之逸興，〈遊山西村〉七律，前半詠村居之樂，最常見引：「莫笑農家臘酒渾，豐年留客足雞豚。山重水複疑無路，柳暗花明又一村。」至於〈秋懷〉七絕一首，寫城鄉氣候之異，知者卻少：「園丁傍架摘黃瓜，村女沿籬採碧花。城市尚餘三伏熱，秋光先到野人家。」范成大與楊萬里並稱田園詩大家。范的〈繅絲行〉為織絹婦鳴不平，寫實諷刺有力，與遊仙詩相去很遠。楊萬里寫詩非常多產，他的比喻、隱喻，擬人手法，造成一個「萬物皆親，眾生若友」的世界。妙句例如「水吞堤柳膝，麥到野童肩」，「風亦恐吾愁寺遠，殷勤隔雨送鐘聲」，「好山萬皺無人見，都被斜陽拈出來」，「老夫渴急月更急，酒落杯中月先入」，都活潑生動，能夠增加田園詩的生活情趣。儒家有「仁者樂山，智者樂水」之說，到了宋詩之中，造化也會倒過來，山水亦竟能領人情反過身來樂人。君不見蘇軾〈六月二十七日望湖樓醉書五絕〉有此諧句：「水枕能令山俯仰，風船解與月徘徊。」辛棄疾〈賀新郎〉更云：「我見青山多嫵媚，料青山見我應如是。」如再上溯童心不泯的李白，當見其奇句：「舉杯向天笑，天回日西照。」基督教的詩人常向上帝禱告，卻罕見上帝會回應，但是李白確信向天敬酒，天會用落日返照來互動。

2

談到西方的田園詩，我們不由得會想到英國浪漫詩人華滋華斯；至於美國詩人，我們立刻也會想到佛洛斯特與羅賓遜（E. A. Robinson）。其實西方之有田園詩，可上溯公元前三世紀初的蕭克利陀斯（Theocritus），甚至公元前八世紀的希夏德（Hesiod）。到了公元前一世紀的羅馬大詩人魏吉爾（Vergil, 70-19 BC），才將前二人的田園詩進一步發展成他的代表作《牧歌唱和》（*Bucolics*）與《詩哲導耕》（*Georgics*）。這兩個字在當代的英文詞典裡已變成典故，泛指牧歌與農務了。不過其原典卻非唯美的田園居或農家樂，而與當時的政治頗有牽涉。例如《牧歌唱和》之首章敍述的雖是牧羊人離開祖田出走，影射的卻是魏吉爾的家園遭安東尼沒收。又如該書第五章，雖有兩個牧羊人對唱，但氣氛之悲沉卻是在哀悼牧童達蒙之早逝，其實達蒙影射的是被謀殺的凱撒。末章獻給魏吉爾早年的靠山，以安慰被情婦出賣的葛勒斯。《詩哲導耕》是一部勵志詩，旨在教導農耕，但其微妙處卻常似哲人之言。例如首章除勸耕之外，尚述及凱撒被弒後之亂局唯屋大維能救羅馬，使免於內戰。

羅馬的田園詩影響了其後西歐各國的文學。從現代文學的觀點看來，工業革命以前的抒情詩大半都以田園為背景，也都可以納入廣義的田園詩。文藝復興的基本精神在人本主義，宗教的信仰漸漸轉向人生的探索，但是對於大自然的敬愛仍賦藝術家以靈感。十七世紀的莎士比亞、班姜森、米爾頓對田園與農村社會都有生動的描寫。班姜森的《潘舍斯特》（*Penshurst*）寫貴族的村居之樂；米爾頓早年的〈喜悅者〉（L' Allegro）與〈沉思者〉（Il Penseroso）使用的詩體正是「牧歌」（idyll）。馬羅的牧歌〈多情牧人贈所歡〉（The Passionate Shepherd to His Love），其所歡對象正是希臘神話的仙子（nymph），所言種種，無非若能相愛當可享盡田園之樂。當時另一詩人洛禮（Walter Raleigh），也是一位苦命的朝臣，就用仙子的口吻和了一首詩〈仙子答牧人〉（The Nymph's Reply to the Shepherd），戳破浪漫求愛之空言，並謂春去冬來，鳥寂石冷，青春苦短，愛情不長，盟誓旦旦，無非虛妄。兩首詩一問一答，一熱一冷，在文學史上十分有名。

班姜森的高足海立克（Robert Herrick）乃鄉村牧師兼詩人，在英國所謂的「西部」（實為西南端）寫的田園詩，正是羅馬多神文化遺留下來的風俗。十八世紀的詩人格瑞

（Thomas Gray）作品不多，但其代表作〈鄉村教堂墓地哀歌〉慨嘆墓中人生前寒微而身後寂寞，頗多佳句以名言傳後，享譽至今。浪漫派熱烈的抒情常以大自然為背景甚至前臺，對田園詩自多貢獻。其中華滋華斯常認靈魂失去天堂後幸而尚有大自然可充保母，當然是歌頌田園的宗師。蘇格蘭的彭斯（Robert Burns）根本就是農民詩人。

二十世紀的第二個十年（1910's）有一個以田園生活為主題的詩派，包括布倫登（Edmund Blunden）、布魯克（Rupert Brooke）、梅士菲爾（John Masefield）、湯瑪斯（Edward Thomas）等人。當時的勞倫斯（D. H. Lawrence）與格瑞夫斯（Robert Graves）也在其列。在他們之後崛起的現代詩人如艾略特與奧登等左翼詩人，就轉向都市生活的主題了。巧合的是，喬治（五世）朝詩人（Georgian Poets）似乎遙接了羅馬詩人魏吉爾的田園詩《詩哲導耕》。

二十世紀中葉去世的兩位詩人，蘇格蘭的繆爾（Edwin Muir）與威爾斯的湯默斯（Dylan Thomas），從背景到主題都是田園。繆爾在蘇格蘭北方海外的奧克尼群島長大，後來隨家人遷去大都市格拉斯哥，很不快樂。湯默斯出生在威爾斯的斯旺西（Swansea），其詩之生動意象與有力節奏頗得力於威爾斯之語言與風俗。兩人都成長於英國的邊緣地帶。

田園詩發軔於希臘，盛行於羅馬，還有一種次詩體，叫做「田園輓歌」（pastoral

elegy），專門用來追悼去世不久的好友，尤其是詩友。此體的結構常始於向繆思求賜靈感，繼而悼念亡魂並責怪眾神何以未及時救護；中段追述往日情誼而以牧人來影射亡友；後段調門一變，從肉身必朽轉為靈魂不滅，於是有各種象徵的鮮花芳草會獻予亡者而供上靈柩。田園輓歌篇幅往往較長，好用象徵，富於典故。約翰生就不滿米爾頓寫此體用典故太多，並云苟有盛情，豈遑張羅典故。英國的田園輓歌中，公認為傑作者當包括米爾頓的〈李西達斯〉（Lycidas）、雪萊的〈阿當奈斯〉（Adonais）、安諾德的〈塞爾西斯〉（Thyrsis）。李西達斯乃牧人之名，首見於魏吉爾之〈牧歌唱和〉。阿當奈斯也是由希臘美少年Adonis之名由三音節延長成四音節而來。至於Thyrsis之名，也是向希臘田園詩始祖蕭克利多斯借來。中國悼亡友之詩並無此種詩體可用。杜甫〈夢李白〉二首情真意切，卻自然抒發，不像米爾頓之於劍橋校友愛德華・金，或是雪萊之於濟慈，私交並不很深。

現代文學之中最好的一首希臘輓歌，應推全國詩人惠特曼的〈當去年紫丁香在院子裡盛開〉（When Lilacs Last in the Dooryard Bloom'd）。當年林肯遇刺身亡，惠特曼寫了這首輓歌來哀悼這位民族英雄。詩中再三輪流出現三位一體的弔喪象徵：紫丁香花叢、沼澤深處悲鳴的畫眉、帶來夜色的黃昏星。林肯死後，靈柩一路西去伊利諾易，沿途人民絡繹致敬，悼歌由哀林肯而擴大成國殤，狂吟式的抒情升高為天地同悲的史詩格局：沿途排列的萬民代替了傳統希臘輓歌的弔者神與人，場面大到包羅內戰全部的傷亡戰士及遺族。二百零六行的悼詩一誦三嘆，十分感人，誠為美國詩壓卷傑作。

3

田園詩中西之比較，必須橫跨兩大語言，其中虛實如就中西繪畫來求旁證，當較真切。西方繪畫之雇主從教會到宮廷到富貴之家，要求畫家畫的是人像。文藝復興的精神不但在重認古典，也在正視人間的人本主義。《蒙娜麗莎》的畫面是充溢其中的半身，她背後的山水隱隱可窺，可是觀眾不會注意。直到三百年後馬內的《草地野餐》，雖有田園背景，仍以人事為主。西方稱田園詩為pastoral poetry，風景畫為landscape，中國卻稱為山水詩、山水畫。中國的山水畫多以山為主，以水為輔，不是河溪依山，就是瀑布出山。西方的風景畫多半難忘那一條地平線，若是海景（seascape），總有一條水平線。所以中國的山水畫常是縱的，西方的則常是橫的。中國山水畫之創始人，幾乎公認是六世紀的展子虔。他僅有一幅作品傳後，叫做《遊春圖》，畫面得仔細尋找，才可見約有十人，只辨身形，不見面目。這些人影散落在山色湖光之間，益顯造化之大，人事之微。其後五代十世紀的荊、關、董、巨山水大家，山益磅礴，行旅人馬益形卑微；范寬那幅《谿山行旅圖》更令觀者驚歎。

基督教先受羅馬帝國壓迫，但到公元五世紀卻倒過來教化了羅馬。以基督教為正宗的文化裡，希臘羅馬神話的傳統成了異教的次文化。例如米爾頓年輕時是異教神話的信徒，代表作乃有《喜悅者》與《沉思者》，但在清教徒革命後就歸依了基督教之新教，投入《失樂園》的史詩巨著了。因此中世紀的西畫以基督教為題材，文藝復興的西畫則兼顧宗教與神話。例如十五世紀的波提且利，一方面以擅繪《聖母與聖嬰》與教堂的祭壇主畫大受歡迎，另一方面又以《春》與《維納斯之誕生》等神話主題之作傳後。所以宗教畫與神話畫雖以風景為背景，畢竟以故事的人像為主，還不算是landscape；一直要到十六世紀的兩位法國大師普善（Poussin）與洛漢（Le Lorraine or Claude Lorraine）出現，加上十七世紀的荷蘭風景畫家，純粹的風景畫才成了正宗。（洛漢本名Claude Gellée，Lorraine原是法國地區名，其地曾割予普魯士，Le Lorraine即「洛漢人」之意，正如El Greco即「希臘人」之意。El Greco原名Domenicos Theotocopoulos，西班牙人覺得太長難念，乾脆叫他「那個希臘人」。）

中國觀眾一向忽視了的一位西方大畫家，佛蘭德的老布魯各（Pieter Bruegel the Elder, 1525-1569）。他擅畫農村的民情風俗，當然要畫人像畫，不過他不畫富貴人家，只以村民為主，所以多為群像，其中不乏傑作。悲慘的場面包括《希律王屠嬰圖》（*The Massacre of the Innocents*）與《髑髏地觀刑行列》（*The Procession to Calvary*）。前者採用《聖經》故事，畫面卻轉移到十六世紀西班牙治下的荷蘭，殺氣凌人，令人想到納粹的黑衫黨。後者描寫耶穌臨難背著沉重的十字架一路踉蹌地爬向行刑地加瓦利，看熱鬧的人一路嬉笑跟著。烈士殉道而世人冷漠以對：這種先知先覺與不知不覺的對照，也正是老布魯各另一傑作《伊卡瑞斯墜海圖》（*The Fall of Icarus*）的主題。

以上的三幅畫在西方畫史或畫論中都稱為風景畫（landscape），並不因為其中人物演出的是人間大事而棄用此名。老布魯各傳世之作不多，但其中還包括一組四季月分圖，可惜現存也只五幅。《雪地獵人圖》（*The Hunters in the Snow*）以黑白二色呈現鄉村冬景，復以層次多變的灰色調劑其間；前景黑白分明的獵人、獵犬，雪坡對照坡下越過廣大平原而遙接一簇峻峰，透視的縱深感非常動人。《小麥豐收》（*The Corn Harvest*）則是一幅夏景，以豔黃色調為主，正是仲夏中午，農忙暫歇，一群村民圍坐在一株高樹下進膳，有人舉甕喝水，有人已經仰卧入睡。早年我在美國買了一張黑膠唱片，是貝多芬的《第六號交響曲》，俗稱《田園交響曲》，封套就以此畫為印證。藝評家哈根夫婦（Rose-Marie and Rainer Hagen）就說：「主宰四季繪畫的不是人事，而是造化，因為造化之功遠大於人事。人之為功，端賴造化，人間樂事，非造化莫託，但人對造化卻毫無作用。」

中國的山水畫若以六世紀的展子虔《遊春圖》為濫觴，則西方的風景畫開始出現，卻晚了幾近一千年，約在十五世紀末與十六世紀初。在普善、洛漢兩大家之後，歷經荷蘭的魯本斯與林布蘭，到了浪漫主義更添宗教一般的崇敬。英國的透納（Turner）與康斯太保（Constable），前者欲參造化之神祕與自然之狂暴，後者則在敬畏造化之餘更嚮往田園之純真與和諧。法國到十九世紀先後有印象派的莫內、畢沙羅與巴比松派的米勒、盧梭，更有獨自發展的柯荷（Camille Corot）。後印象派的梵谷與塞尚再向前推進，高庚更反璞歸真，向南太平洋的原始田園求得安心。

4

中國山水畫有南北二宗，其說始於明末畫家兼畫論家董其昌。他的《畫旨》說：「禪家有南北二宗，唐時始分。畫之有南北二宗，亦唐時分也，但其人非南北耳。北宗則李思訓父子著色山水，流傳而為宋之趙幹、趙伯駒、伯驌，以至馬、夏輩。南宗則王摩詰始用渲淡，一變勾斫之法，其傳為張璪、荊、關、郭忠恕、董、巨、米家父子，以至元之四大家，亦如六祖之後有馬駒；雲門、臨濟兒孫之盛，而北宗微矣。」

董其昌此說久為後世所襲。傅抱石在《中國的繪畫》一書中也說：「山水、水墨、寫意……漸漸成為繪畫的主流，其實，此僅始於十世紀之北宋。」此處仍從董說，從王維說起，所以我在論唐詩時暫不及王維，以便與水墨畫並論。王維初學李思訓與吳道子，後棄吳道子劍拔弩張的筆鋒，改營水墨渲染的墨意。晚年參禪奉佛，隱於藍田別墅，自云：「中歲頗好道」，又云：「晚年惟好靜」；又師陶潛句意云：「君問窮通理，漁歌入浦深。」一如此意境，很自然地會趨向水墨化境。只可惜他傳世畫作只有《輞川圖》、《山陰圖》、《江山雪霽圖》等寥寥數幅，今人但見臨本而已。蘇軾有《王維吳道子畫》，收篇的結論是：

> 吳生雖妙絕，猶以畫工論。摩詰得之於象外，有如仙翮謝籠樊。吾觀二子皆神俊，又於維也斂衽無間言。

蘇軾這樣的文豪當然肯定王維的「畫中有詩」，而南宗一派終於發展成所謂「文人畫」，也是歐陽修、蘇軾、黃庭堅等北宋文人鼓吹的趨勢。其後一路發展下去，文人畫越加不求形似，務求入神。以吳道子之妙，尚不免遭蘇軾貶為「畫工」，更不論「匠氣」、「俗氣」、「江湖氣」之譏。元四大家之一的倪瓚就說：「僕之所謂畫者，不過逸筆草草，不求形似，聊以自娛耳，聊以寫胸中逸氣耳。」這位倪迂是個潔癖，高士之中尤高者，才會畫什麼《洗桐圖》，又畫什麼《六君子》。文人畫到了他，到了《富春山居圖》的黃公望，已成中國畫壇主流。到了明朝，又出現沈周、唐寅、文徵明，力矯院畫與浙派的江湖匠氣。再到清朝，更有清初四僧，身負亡國之恨，落筆不甚求工，於逸氣之外，自然涵有不平之氣。其後文人畫依然占據主流，有吳歷之奇、鄭燮之狷，不一而足，而民國以來，畫到張大千、黃賓虹、傅抱石，甚至江兆申，都有人惜之為「文人畫最後一筆」。

值得我們注意的一個對照，是西方的畫壇主題一路從宗教、宮廷、神話、歷史的正統走出來，直到十九世紀中葉的印象主義，才公然面對一般大眾的日常生活。中國畫的主題卻從人物漸漸轉向山水，在文人的美學觀點看來，文人畫的目的不在於摹山範水，而在藉山水的風貌來傳人格與品味的意境，其分量實際上已超過田園詩或山水詩。不管工業時代科技如何主宰了我們的生活，一般觀眾都依然神往於文人畫中的寧靜與出世，而這是電視、電影所無法完全取代的。無論如何，水墨的文人畫，不管其山勢石貌怎麼神奇，仍然是「雅」的一塊基礎。西方的畫一直到十九世紀的「前拉菲爾主義」都附庸於文學，所以印象主義必須擺脫文學才能自立。中國畫自宋朝以來就自甘於文學的引導，恰恰相反。中國畫一面通於書法，一面更通於詩。一幅典型的中國水墨山水，因題詩而相得益彰，若書法不夠格就難藏拙，最後還少不了用印，那便是微型雕刻了。所以一幅山水畫，其實是四合一體的藝術品，後面如果添紙加跋，更增畫論或藝術史的價值了。西方的油畫固然厚實亮麗，卻不便加添什麼，像梵谷的畫面只能勉強簽上Vincent。而柯科西卡的畫面也只能簡化簽上ＯＫ罷了。

中國的田園詩或山水畫，其主角不外是隱士或高士，獨自一人或相對下棋、品茗、清談，或遠觀瀑布，或靜聆松濤。其旁或有書僮烹茶，或有仙鶴佇伴。山徑則時隱時現，溪橋則可渡人驢，若能再添三兩樵夫與漁父，就更饒詩意了。女性絕少出現，除非畫的是人間的庭院或亭臺。

西方的田園詩或風景畫，其主角不外是牧童，有時加上牧羊女。Pastoral乃pastor之形容詞，pastor指基督教之牧師，但《聖經・詩篇》及《約翰福音》常用牧人之牧羊隱喻牧師，所以pastor也可指牧羊人（shepherd）。米爾頓在《李西達斯》希臘田園輓歌中就一語雙關，用此字來暗喻亡者既有志任牧師，亦有意做詩人。西方田園詩中的牧羊人每與牧羊女調情或相戀，不過在田園、山林、江湖的背景上，尚有其他各種角色。可愛又美麗的一類，有不同象徵的女神、水仙、樹精，供牧童去追逐，求愛。還有醜陋而多欲的一類，包括半人半羊和半人半馬的獸妖，夾在神、人之間，令人恐懼，其名稱又分希臘與羅馬兩大系統。例如由希臘文透過法文進入英文的Pan一字，意為牧神，其引申義panic，可用作名詞、形容詞、動詞，即因此一半人半羊之淫妖在荒郊野外會令人驚怖。

半人半馬的淫妖（centaur）也很可厭，可怕。希臘神話屢述此類馬妖之劣行。一則說女獵人阿特蘭妲（Atlanta）健步之速為凡人之冠，二馬妖垂涎美色而欲擒之。她自知腳力不如馬妖，乃射二箭連殺二妖。一則說大英雄赫九力士（Hercules）命渡夫奈色斯

（Nessus）背其妻狄雅奈拉（Deianira）過河。奈色斯乃一馬妖，竟姦劫其妻而去。赫九力士射傷奈色斯，馬妖死前，騙狄雅奈拉說，若赫九力士不忠於她，可以用他箭傷之血為符咒阻之。狄雅奈拉將其血塗在華衣上送給丈夫，在不知情下，害死了赫九力士。又一則說，拉匹錫國王比利索斯（Pirithous）娶后慶宴，后家親戚多為馬妖，醉後竟欲非禮新娘，騷擾女賓。比利索斯在雅典大英雄西修斯相助下，終將馬妖族逐出國境。

二十世紀最偉大的畫家畢卡索對希臘神話中這些妖獸的詮釋，值得我們參考。一九二〇年他素描了兩幅《妖馬擄裸女》，線條純淨，靈活而有把握，力學分布平衡，看來整部希臘神話，都瞭然在他心中，躍然在他腕下。儘管如此，還是看得出被擄的裸女是在力拒反抗的。一九三六年他以銅版蝕刻的《羊妖窺裸女》，著墨較多，情色不減。一九四六年在法國東南岸素描的《妖馬海邊烤魚》，筆簡而有諧趣。同年他又有四幅羊妖，其中二幅均為吹笛。另有一幅素描，為妖馬正舉前蹄，右手還橫舉著一柄三叉戟。看來畢卡索對這些半人半獸的野妖，心情是輕鬆而富諧趣。也可看出，他如此作畫，有一點反躬自嘲，笑自己是隱藏的妖怪。

美國名詩人兼畫家康明斯（e.e.cummings）用立體主義的畫風來寫抒情詩歌頌春天。他的《天真之歌》（*Chanson Innocent*）即以希臘神話收篇：

這是
春天
那個
　山羊腳的
賣氣球的　吹口哨
遠
而
渺

5

正宗的田園詩肯定的是鄉村生活的安詳、純樸與寧靜。內心的情緒應該是滿足、認命。中國的田園詩肯定的該是農民，西方的田園詩本來針對農務，後來轉為以牧人為主，又伴之以牧女，希臘神話更插入許多女神與妖怪，是非恩怨遂起。中國的田園詩來自儒家之以農立國，道家之以造化為師。西方的田園詩引進希臘神話，也就加入了愛情甚至性愛：羊妖、馬妖，牧神之上尚有以酒亂性以音樂助興的酒神（Bacchus），他的信徒（bacchanals）正是酗酒逐樂的少女，因喪妻而失神落魄的奧菲厄斯就是被她們的狂歡營所害。尼采將希臘文化分為阿波羅式與戴奥耐塞式（Dionysiac）。中國的田園藝術以文人水墨畫為主流，近於阿波羅式，西方的則近於戴奥耐塞式。陶潛的《桃花源記》裡，漁夫終於全身而退，這在江湖遍地是羊妖馬怪至少是樹精水神的西方，是不可能的。桃花有花神，溪水有水仙，在西方田園的想像裡，一定會有下文。

所以，中國的田園藝術是吃素的，西方的田園藝術是吃葷的。

田園詩、山水畫能否延續生機，靈感不絕，先決條件是田園不荒蕪，山水不殘缺。所以辛棄疾說得最好：「我見青山多嫵媚，料青山見我應如是。情與貌，略相似。」如果江上之清風不再清爽，山間之明月不再明朗，雨水變酸，冰山解體，田園藝術如何創作下去？所以我來高雄三十年，所寫鼓吹環保之詩文不下百篇，用意正在喚醒後工業時代對環保危機之重視。救田園，即所以救造化，救全球，此一認識，應比愛國更重要。願作家與藝術家一致奮起，來拯救造福一切生物之造化。

——二〇一五年三月

析論我的四度空間

鄉愁是人同此心、舉世皆然的深厚感情，對於離家甚至去國的遊子尤為如此。世界各民族的文學之中，鄉愁都是十分重要的主題。中國古代的詩歌，如《離騷》、《詩經》、《古詩十九首》、唐詩、宋詞等等，鄉愁主題之作，不但普遍，而且動人。中文成語之中，類似「兔走舊窟、狐死首丘」之說，也比比皆是。當年我離開大陸，已經二十一歲，漢魂唐魄入我已深，華山夏水，長在夢裡。日後更從臺灣三去美國，鄉思尤甚，所以鄉愁的詩寫了很多。二十一歲的少年，不但嗜讀古文與詩詞，抑且熟悉舊小說如《三國演義》、《聊齋誌異》、《西遊記》、《水滸傳》、《紅樓夢》等等，中國文化在我的心底已烙了胎記，拭之不去。如果當日我來臺灣，只是十二、三歲的孩子，則恐根柢不深，就不足以言鄉愁了。

迄今我成詩千首，鄉愁之作大約占其十分之一。與此相近之作尚有懷古、詠物、人物等主題，數量亦多。但在鄉情之外，我寫得很深入的主題還包括親情、友情、自述、造化各項。因此強調我是「鄉愁詩人」，雖然也是美名，仍不免窄化了我。

鄉愁的格局有小有大：「來時綺窗前，寒梅著花未」，小而親切；「萬里悲秋常作客，百年多病獨登臺」，大而慷慨。境界有大小，感情則同其深長。小我的鄉愁，思念的是一事一物，一鄰一里。大我的鄉愁則往往兼及歷史、民族、文化，深長得多，也豐富得多。所以鄉愁之為主題，不應僅限於地理之平面，亦可包容時空交織、人物相應之立體。我寫鄉愁，格局有小有大。聞蟋蟀而思四川，見風箏而念江南，那還是小我。〈鄉愁〉一詩中，郵票、船票還是自傳性的小我，到了「一灣淺淺的海峽」，便是民族的大我了。〈只為了一首歌〉開頭的幾句：「關外的長風吹動海外的白髮／蕭蕭，如吹動千里的白楊／我回到小時的一首歌裡／萬里長城萬里長／長城外面是故鄉……」裡面有地理，更有歷史，抗戰的記憶，被童年永遠難忘的一首歌挑起。

單純的抒情，凡詩人都會，但是懷古詠史、評斷人物的詩，則於抒情之外還要有見識，才能把一個人物放在他時空交織的文化背景上來評價。一味直接的褒貶會失之武斷或淺露，真正的高手應該知道如何即景、即事、即物，左右逢源、前後呼應地把描寫和敘事穿插得生動感人。行有餘力，詩人還可以加上幽默、調侃的諧趣。杜甫寫武侯、李白、曹霸、公孫大娘、飲中八仙、三吏三別等傑作，對象與風格各異，實開人物詩之洋洋大觀。

蘇軾推崇韓文公，調侃陳季常之作，有莊有諧，而〈讀孟郊詩二首〉與杜甫〈戲為六絕句〉一樣，同為以詩論詩，也是題詠人物詩的變體。

我用詩來寫詩人，包括題屈原六首、李白四首、杜甫三首，更及於曹操、陳子昂、杜牧、李清照、濟慈，與現代詩人如周夢蝶、瘂弦、鄭愁予、羅門、張錯、葉珊、陳黎、林彧、流沙河等等。不過這些詩比起中國傳統的論詩絕句來，篇幅都更長，內容也更繁複。例如〈與李白同遊高速公路〉不但長達四十六行，更引進西方「戲劇性獨白」（dramatic monologue）的詩體，將李白置於現代社會之中，而使古今交融互動。至於詠杜甫晚年心情的〈湘逝〉，也是從詩聖的生平與後期作品中就地取材，用杜甫自己的口吻來呈現，篇幅更達八十行。

詩人之外，藝術家我也詠過不少，最多的是梵谷，共有五首，因為我早年譯過《梵谷傳》，後來論述其人其藝的文章也有四篇，梵谷的原作也細看過不下百幅。他如仇英、傅抱石、吳冠中、席德進、劉國松、楚戈、江碧波、董陽孜、楊惠姍、王俠軍等，也各有題詠。古人如荊軻、李廣、昭君、史可法、孫中山、蔡元培、甘地也在此列，詠甘地的多達三道。神話與傳說人物也都能激發我的想像：例如后羿、夸父、女媧、觀音。總之，實有其人，就以信史為經，同情的想像為緯，事求其實，情求其真，更以獨特生動的角度切入並淡出，夾敘夾議，始能為功。例如李廣射虎入石一事，太史公只有一句話：「廣出獵，見草中石，以為虎而射之，中石，沒簇，視之，石也，因復更射之，終不能復入石矣。」由我來寫，就得考驗自己的想像力，把《史記》之句更加發揮，結果如下：

弦聲叫，矯矯的長臂抱
咬，一匹怪石痛成了虎嘯
箭羽輕輕在搖

中國古典詩詠人物，最重見識。品評他人之際，也每每會洩露詩人自己的氣度：感性再美，仍需要知性來提升。龔自珍《己亥雜詩》詠陶潛三首絕句，便一反陶詩沖淡的實論，卻說陶詩的風骨自有俠骨：「莫信詩人竟平淡，二分梁甫一分騷」；又說「頗覺少陵詩吻薄，但言朝叩富兒門」，反而小貶杜甫一下。其實杜牧和王安石也每作翻案文章，啟人深思。現代詩步西方之後塵，奢言「發掘自我」，結果未見深度，卻病狹窄：捨古典傳統而不顧，非常可惜。

我在南京大學、廈門大學、臺灣大學念的都是外文系；後來教學也都是教外文系，唯一例外是一九七四—一九八五，在香港中文大學中文系任教。我在四川讀高中時，英文一直很好，甚至可以讀一些較淺近的原文名著，例如蘭姆的《莎翁樂府本事》（Charles Lamb:

Tales from Shakespeare），也讀過英文譯本的《托爾斯泰短篇小說選》。當時正值抗日戰爭，四川盆地幾乎與外國隔絕，令人對西方十分憧憬。所以考大學時我唯一的選擇便是外文系。

通一種外交，尤其是主流語文的英文，等於多開一面窗子，多開一扇門，通向另一個世界，心靈的空間擴大一倍。譯文的間接溝通，遠非原文的直接經驗可比。讀通英文之後，再回顧中文，才會更了解中文的特色。例如英文字彙雖然豐富，但是竟無一字與中文的「霞」相同。中國的傳統水墨畫畫不出晚霞；西方的印象派油畫最擅畫朝陽與夕照，但西文沒有相當於「霞」的字，所以西方人絕對不會像我一樣欣賞「落霞與孤鶩齊飛」之美。但是反過來，讀遍中國的古典詩，也不會遇見西方的一大詩體：「無韻體」（blank verse），不會領悟工整的詩句雖不押韻，卻另具節奏開闔吞吐之美。因此莎翁的劇中對話，米爾頓史詩的體裁都用了這種詩體，而另具高古樸素之感。

我熟讀上千首英美名詩，不但教這一課已近五十年，而且還譯過近三百首英詩。英詩的主題、句法、節奏、韻律、詩體、意象等早已深入我的感性，豐富了我的詩思、詩情，成為我「詩藝」的不可或缺成分。對於我的詩藝，中國古典詩是主流，西方詩是一大支流，至於五四以來的新詩，只是古典詩淺短的下游而已，不但三角洲有些淤塞，而且風景遠不如上游與中流。

詩藝上，新詩能向西方詩乞援的地方不少。例如中國古典詩幾乎沒有回行，西方詩則並用「煞尾句」（end- stopped line）與「待續句」（run-on line）而變化句法與節奏，因此比中國古典詩更具伸縮自如的彈性。回行如能適度省用，當可收懸宕之功。不幸今日的新詩作者往往濫用回行，乃使節奏渙散，語氣迂迴，讀來零碎不暢。

意象與節奏，是詩藝的兩大要件，必須齊備，詩才能生動而流暢。詩有意象，才不會盲，有節奏，才不會啞。意象、比喻、象徵三者之間，常常不易區別。大致說來，意象較為單純，象徵就比較繁複。例如「採菊東籬下，悠然見南山」，喚起的視覺十分鮮明，但並無比喻，只是即事即景而已。又如歐陽修的〈再過汝陰〉：「黃栗留鳴桑葚美，紫櫻桃熟麥風涼。朱輪昔愧無遺愛，白首重來似故鄉」，四句都以鮮明色彩開頭，真是明媚極了，卻不牽涉比喻。比喻必須主客呼應，虛實相生，才能成立。例如「山是眉峰聚，水是眼波橫」，山水是實，眉眼是虛，把山水擬人化，實者虛之，美感就在其間。更妙的是峰從山來，波從水起，巧接天然，戲法變得手腳伶俐，不留痕跡。再如「思君如滿月，夜夜減清輝」，是以月比人：月滿光盈，但是月盈之後，逐夜轉虧，也就是「減清輝」，正如情人害相思，也是逐夜消瘦，一夜比一夜容光黯淡。所以「思君」是實，「滿月」是虛，虛實之間有「夜夜」來轉位：望月要在夜晚，相思也因夜轉深。至於「春蠶到死絲方盡，蠟炬成灰淚始乾」則是象徵，因為它雖然實指愛情的無怨無悔，至死不渝，但字面卻是具體而生動的意象：蠶絲與蠟淚。

我自己詩中的意象，上承古典詩詞，旁採西洋詩歌，有單純的比喻，也有較為繁富的意象結構（imagery）。例如下面這兩首山品，便是單純的比喻：

水

水是一面害羞的鏡子
別逗她笑
一笑，不停止

海峽

早春的海峽
那麼大的一塊藍玻璃
風吹皺

但有些意象更為繁富，就需要更高的詩藝來經營，例如〈山中傳奇〉的前四行：

落日說黑幡幡的松樹林背後
那一截斷霞是他的簽名
從焰紅到爐紫
有效期間是黃昏

斷霞因落日而起，猶如落日親手簽了美麗的名字，自然的景觀就引起了人事的關係。支票上簽了名，有一定的生效期，過此便作廢了；猶如落日揮霍的晚霞，要欣賞便得及時，否則就被夜色吞沒。這種隱喻（metaphor）其實就是「擬人化」的修辭：客觀之景物用主觀之人事來詮釋。再舉我的〈絕色〉第一段為例：

美麗而善變的巫孃，那月亮
翻譯是她的特長
卻把世界譯走了樣
把太陽的鎔金譯成了流銀
把烈火譯成了冰

月光是日光的反射：如果日光是原文，月光便是譯文了，所以月亮是一位翻譯家，其譯文比原文更美，更神祕。這樣的「擬人化」意象，我相信，比民初的新詩委婉得多。

前面我說過，古典文學是我寫作生命的主流，也是上游，而古典文學的載體，文言文，更是我寫作語言的根柢、骨架。不讀文言，幾千年的中華文化，包括文學，何從吸收。不熟讀古典詩文，就不會見識到中文能美到什麼程度，也不會領悟古人的造詣已抵達怎樣的深度、高度。一位作家筆下，如果只能驅遣白話文，那麼他的「文筆」只有一個「平面」。如果他的「文筆」裡也有文言的墨水，在緊要關頭，例如要求簡潔、對仗、鏗鏘、隆重等等，就召之即來，文言的功力可濟白話的鬆散與淺露。一篇五千字的評論，換了有文言修養的人來寫，也許三千字就夠了。一篇文章到緊要關頭，如能「文白相濟」，其語言當有「立體」之感。所以我的八言座右銘是：「白以為常，文以變應。」如果作者還通外文，而在恰當之處又引進方言、俚語，那「八字訣」還可擴到十六字，加上「俚以見真，西以求新。」一位作者能掌握這麼多語態，他的籌碼當然比別人多，而文言正是一張王牌。我的詩、文，往往在推向高潮之際運用了文言的功力，而這是迷信白話萬能的作家無能為力的，例如〈夜讀曹操〉的終篇：

也不顧海闊，樓高

竟留我一人夜讀曹操
獨飲這非茶非酒，亦茶亦酒
獨飲混茫之漢魏
獨飲這至醒之中之至醉

文言不但撐持了我的白話文，更成為我翻譯英文詩的籌碼。莎翁是四百年前詩宗，濟慈是兩百年前天才，其詩均古色古香，甚至使用thou、thee、thy等等古語，何以一定要用今日的白話，而不能酌用一些文言來譯？所以我譯葉慈名詩〈華衣〉（A Coat），乾脆用文言來追摹他老練簡潔的詩體，譯文如下：

為吾歌織華衣，
刺圖復繡花，
繡古之神話，
自領至裾；
但為愚者攫去，
且衣之以炫人，

若親手所紉。
歌乎，且任之！
蓋更高之壯志
在赤身而行。

陳水扁的政府在政治臺獨之外，更力行文化上的去中華化，實為不智。我和那時的教育部長杜正勝在媒體上幾度爭論，為的正是教育部要把國文上課時數減少，把「中華文化基本教材」（論、孟選文）由必修改為選修，更把原來課文中文言與白話的比例65比35，驟減為35比65。中華文化有精華也有糟粕，今人當去蕪存菁，揚其真諦，卻不可一律妄加否定。其實文革期間的破四舊與批孔揚秦，已經證明中華文化不可妄去。結果是在海外遍設了許多孔子學院，而「乘桴浮於海」有了新的意義。

我一生經營四大文類：詩、散文、評論、翻譯，迄今寫作不輟。最早銳意攻堅的，是詩；第一首詩〈沙浮投海〉寫於南京，時年二十歲。至於寫散文，則始於二十四歲，第一篇〈猛虎和薔薇〉雖然是在評論文章風格，其實是刻意在寫美文。不過我認真寫抒情散文，從小品發展到「大品」，而且在散文藝術上抑五四早期的小品而創「現代散文」之說，則是在一九六〇年代的初期。在〈剪掉散文的辮子〉一文中，我指出當時流行的散文，承襲五四之餘風，不但篇幅短，格局小，而且有三大毛病：一是學者的散文，包括國學者文白夾雜的語錄體和洋學者西而不化的譯文體；二是傷感柔媚的花花公子體；三是清湯掛麵不求有功但求無過的浣衣婦體。後來我又鼓吹，散文家應力矯時弊，一掃陰柔，追求大格局新氣象的陽剛文風。我把理想中的「大品」稱為「重工業」，像賈誼的〈過秦論〉，司馬遷的〈報任少卿書〉，像蘇軾的〈潮州韓文公廟碑〉。在我這一類「大品」裡，可稱代表作的，應包括〈逍遙遊〉、〈咦呵西部〉、〈望鄉的牧神〉、〈聽聽那冷雨〉、〈我的四個假想敵〉、〈風吹西班牙〉、〈紅與黑〉、〈橋跨黃金城〉等等。至於〈聖喬治真要屠龍嗎？〉和〈山東甘旅〉等篇，則都長逾萬言。當然，僅憑篇幅之長，仍不足以稱大品。真正的大品，還得內容豐富，見解出眾，風格則兼具知性與感性，語言也應能屈能伸，有彈性。近年余秋雨的文化散文，把讀者帶到「文化現場」的景點去，夾敘夾議，寓見解於抒情，也稱得上大品。不過黃國賓稱我的散文大品，是因為他謬賞拙作在推向高潮時，能把感性「開足」，尤其是動感，於是語言的節奏與氣勢，臻於交響樂的盛況。這卻不是余秋雨所要的效果。

也有某些論者認為我的大品太濃，太盛氣逼人。我的答覆是：長此以往，會有此病。我對文體，有心多方面試驗，小品與雜文的產量也並不少。大品散文是我的壁畫巨製。我想大畫家該不會安於只畫速寫與水彩吧。

散文是相當龐雜的文類，與其他文類的分界也不很清楚。例如抒情文、寫景文就近於詩，散文家若無詩才，這兩種散文就寫不好。又如敘事文，就近於小說，如果其中對話不少，則近於戲劇。議論文如果功架十足，過分嚴謹，又近於正規的學術論文。介於其間的還有身分曖昧的雜文，此體寫得太抒情，就成了小品文，或者高不成低不就的散文詩；另一方面，如果說理太多，又成了議論文。議論文和雜文，應屬知性散文；抒情文、寫景文、敘事文等等，應屬感性散文。要稱得上散文大家，必須兼擅兩者，才能左右逢源，軟硬兼施。偏才的散文家或擅言情，或擅議論，真正的通才既有能想的頭腦，又有善感的心腸，才能無往不利，情理交融，讓讀者親近作家的完整人格、風格。同一大家的傑作，風格也呈各異的比例，例如蘇軾的赤壁二賦，〈前赤壁賦〉始於抒情寫景，卻繼之以議論，那議論以水月為喻，來說人生與造化的常與變，盈虧虛實之間不必拘泥於變，自可安心於常。東坡為客解變化之惑，是智者的形象。可是到了〈後赤壁賦〉，「曾日月之幾何，而江山不可復識矣」，卻把情緒置於變中。東坡不再是智者，但是他畢竟「攝衣而上，踞虎豹，登虬龍……蓋二客不能從焉」，還是一位勇者。前賦較具知性，至少是兼融知性與感性；後賦就捨哲學而營敘事，以感性為主了。

我常以旗杆喻知性，而以旗喻感性：有杆無旗，就太硬了，反之，有旗無杆，又太軟了。風格就是長風，有杆有旗，就飄揚多姿。錢鍾書的散文比起梁實秋的來，較富知性，所以多理趣；梁實秋則較多情趣。魯迅與周作人兄弟之間，也似有理趣與情趣之分。王鼎鈞與張曉風似乎也形成類似的對照。我自己的散文也不妨如此並觀。偏重抒情而富於情趣的代表作，應包括〈聽聽那冷雨〉和〈我的四個假想敵〉；偏重理念而富於理趣的代表作，則應舉〈開卷如開芝麻門〉、〈自豪與自幸：我的國文啟蒙〉、〈天方飛毯原來是地圖〉。

幽默起於人生之荒謬與無聊，對於生命的困境甚至悲劇，是一帖即興的解藥。現實逼人，不留餘地，勇者起而反抗，仁者低首救難，唯智者四兩撥千斤，換一個角度來看，竟能一笑置之。金聖歎抗糧哭廟，臨刑竟能自嘲，說殺頭是天下最痛快的事。英國的作家兼重臣湯瑪斯・莫爾得罪了國王亨利八世，被判叛國，在斷頭臺上竟從容將鬍鬚捋開，說鬍子無辜，並未得罪君王。這種黑色幽默能把悲劇化成喜劇，真是幽默到家，非常人所及。

錢鍾書年輕時筆鋒犀利，傷人無數，一時成了文壇的獨行俠，左批魯迅的嚴肅，好為青年導師，右刺林語堂的幽默文學，稱之為「賣笑」。

在《余光中幽默文選》的自序〈悲喜之間徒苦笑〉裡我這樣說：「幽默常與滑稽或諷刺混為一談。大致說來，幽默比較含蓄、曲折、高雅，滑稽比較露骨、直接、淺俗；所以滑稽能打動小孩子，而幽默不能。另一方面，幽默比較愉快、寬容，往往點到為止，最多把一個荒謬的氣泡戳穿，把一個矛盾的困境點出。以子之矛攻子之盾，是幽默最好的手段。諷刺就比較嚴重、苛刻，懷有怒氣與敵意。諷刺可以用來對付敵人，幽默，卻不妨用來對待朋友，甚至情人。」蕭伯納與王爾德並為愛爾蘭大作家，均以辭鋒犀利聞名。不過蕭伯納是莊諧交加的諷刺家，唯美的王爾德卻是輕於鴻毛、細若游絲的幽默家。我的幽默感近於王爾德，所以他的四部喜劇由我譯成中文，乃理所當然。王爾德若懂中文，想必欣然而笑，未必會說出缺德話來。

錢鍾書和梁實秋的幽默文章，均屬小品。我的這類文章裡卻也有一些「大品」，例如〈如何謀殺名作家？〉、〈沙田七友記〉、〈牛蛙記〉、〈我的四個假想敵〉、〈饒了我的耳朵吧，音樂〉等等，不下十篇。

幽默是敏銳的心靈，在精神飽滿生趣洋溢的狀態下，對外界事物的自然反應。這種境界有如風行水上，自然成紋，不能作假，也不能事先準備，刻意以求。世界上多的是荒謬的事，虛妄的人，天生詼諧的心靈，當可左右逢源，隨地取材，用之不竭。刻意取笑的人往往是貧嘴，是笑匠。真正的幽默感其實也是一種靈感，不召自來，但是要等善於表達的人，才能信口道來，信手寫來，而成就語妙天下的美談。

有一次，電視記者對我說：「有人又在電視上罵你了。」我笑答：「真的嗎？太感動了。隔了這麼多年，還沒忘記我。可見我的世界早已沒有他，他的世界卻不能沒有我。」幽默，正是教傷口變出玫瑰來的絕技。

中國古典文學的傳統，常把「詩文雙絕」引為美談。這情況和西方頗不相同：西方的大作家罕見詩文兼擅，雖然米爾頓、雪萊、柯立基、安諾德、艾略特等名詩人也是文章高手，但其文章多為評論而非抒情散文。英國文學史上多的是大詩人兼批評家，但是英國大詩人而能寫出〈赤壁賦〉或〈阿房宮賦〉的，卻絕對罕見。試看唐宋八大家裡，除了蘇洵不擅詩而蘇轍、曾鞏詩才不高之外，其除五家可都是詩文雙絕。其中蘇軾曠世奇才，不但詩文雙絕，而且每每詩文同題而風格各異。例如散文兩寫赤壁，前後二賦各有妙境，意猶未盡，更發而為赤壁懷古的名作〈念奴嬌〉。又如在長詩〈寄吳德仁兼簡陳季常〉之中，把陳慥取笑成懼內的丈夫，落得「季常癖」一詞的笑柄；但是在〈方山子傳〉的文章裡，卻把這「懦夫」寫成了豪俠兼隱士。其實杜甫也曾同題分寫：例如在名詩〈畫鷹〉之外他還寫過〈鵰賦〉一文，而題詠曹霸畫作的兩首詩外，又寫過〈畫馬贊〉一文。不過詩文相比之下，他的文章大為失色，只能當作寫詩之前的草稿而已，因此無法贏得「雙絕」的美譽。

我自己詩文都多產，而且同題分寫的例子也不算少。從一九七四到一九八五，我一直在香港的中文大學教書，沙田山水之勝，入我的散文則成了〈沙田山居〉與〈春來半島〉，而以之入詩則有〈山中傳奇〉、〈山中暑意七品〉、〈山中一日〉、〈松下無人〉、〈松下有人〉、〈一枚松果〉、〈插圖〉、〈松濤〉、〈初春〉、〈黃昏〉、〈蛛網〉、〈夜色如網〉、〈十年看山〉、〈沙田秋望〉等篇。一九八五年秋天，從香港回到臺灣，定居高雄，於是輪到南臺灣的山水風物進入我的作品：成為散文的有《隔水呼渡》散文集中從〈隔水呼渡〉到〈木棉之旅〉的五篇長文；成為詩的則多達六、七十首。我的中學時代在四川度過，印象非常深刻，悠久的記憶可見我的〈思蜀〉一文，入詩的包括〈蜀人贈扇記〉、〈回鄉〉、〈桐油燈〉、〈火金姑〉等篇。此外如美國經驗入散文的非常多，可以〈四月，在古戰場〉、〈塔〉、〈咦呵西部〉、〈望鄉的牧神〉、〈地圖〉等為代表，而相應入詩的也有很多，包括整本詩集如《萬聖節》與《敲打樂》，以及《白玉苦瓜》的前六首。有人問我，兼擅詩文的作者要寫某一主題時，究應選擇何種文體。我的答覆是：詩是點的跳接，散文是線的聯繫。某一美感經驗，欲記其事，可寫散文，欲傳其情，可以寫詩。

我一直主張，評論家也是一種作家，不能逃避作家的基本條件，那就是，文章必須清暢。評論家所評，無非是一位作家如何驅遣文字。他既有權利檢驗別人的文字，也應有義務展示自己驅遣文字的功夫。如果連自己的文字都平庸，他有什麼資格挑剔別人的文字？手低的人，眼會高嗎？

我所樂見的評論家應具下列幾個條件：在內容上，他應該言之有物，但是應非他人之物，甚至不妨文以載道，但是應為自我之道。在形式上，他應該條理井然，只要深入淺出，把話說清楚便可，不必以長為大，過分旁徵博引，穿鑿附會。在語言上，他應該文采出眾，倒不必打扮得花花綠綠，矯情濫感，只求在流暢之餘時見警策，說理之餘不乏情趣，若能左右逢源，拈來妙喻奇想，就更動人了。

反之，目前的一般評論文章，欠缺的正是前述的幾種美德。庸評俗論，不是泛泛，便是草草，不是拾人餘唾，牽強引述流行的名家，便是舊習難改，依然仰賴過時的教條。至於文采平平，說理無趣，或以艱澀文膚淺，或以冗長充博大；注釋雖多，於事無補，舉證歷歷，形同抄書，更是文論書評的常態。

我自己寫評論，多就創作者的立場著眼，歸納經驗多於推演理論，其重點不在什麼主義，什麼派別，更不在用什麼大師的當紅顯學來鑒定一篇作品，或是某篇「書寫」是否合於國際主流。我只是在為自己創作的文類釐清觀點，探討出路。我只能算是圓通的學者，並非正統的評論家。我寫的是經驗老到的船長之航海日誌，不是海洋學家的研究報告。

我自稱一生經營的四度空間是詩、散文、評論、翻譯。翻譯雖然排在最後，也是我同樣努力的一大空間。我在大學畢業的那一年（一九五二）就翻譯了《老人與海》（Hemingway: *The Old Man and the Sea*），三年後又譯了《梵谷傳》（Stone: *Lust for Life*）。迄今我一共譯了十四本書：最多的文類是詩，共有六本，其次是戲劇，四本。不同的文類需要不同的「譯筆」。詩要譯得精緻，富於節奏與韻律之美；戲劇的臺詞卻要流暢而自然。詩是給讀者看的，戲劇卻是給聽眾聽、演員講的，必須現說、現聽、現懂。詩當然也可以給聽眾聽，不過那是誦者（reader）的事了。我在大學裡教了三十年翻譯，又主持梁實秋翻譯獎二十二年，現在正在翻譯《濟慈詩選》，準備明年出書[13]。

翻譯對文化與宗教的傳播，貢獻至鉅。佛教輸入中國，前後的譯經有賴番僧與「唐僧」，例如鳩摩羅什與玄奘。基督教從近東傳到西歐，也有賴高僧把希臘文、希伯萊文譯成各國的語文：一部英文《欽定本聖經》（*King James Authorized Version*）對英國文學的影響不容低估。上世紀初中國新文學乃至新文化的發展，翻譯也是一大功臣。今日全球化的進展，尤其是媒體的傳播，都不能缺少翻譯，所以不良的譯文體常會倒過來扭曲各國的國語，甚至會衍生一種非驢非馬的「譯文體」，亦即不中不西的「新文藝腔」。所以好的譯者，好的翻譯課教師，甚至一般的好國文教師，實在是一國語文的「國防大軍」，必須認真維護自己民族清純而自然的母語。中文正面臨「惡性西化」的危機，為此我寫過好幾篇文章，包括〈從西而不化到西而化之〉與〈中文的常態與變態〉。

13《濟慈名著譯述》已於二〇一二年四月由九歌出版社出版。

輯二

我所見的東坡居士

我並非蘇東坡的專家，但是不失為其知音，而且寫詩多年，略知其中甘苦，所以也不失為其同行。一提到東坡，我就有不少感想。

有一次和朋友說到東坡，我大發議論，指出東坡素有多元全才之譽，其實他不用學英文，更無須讀物理數學。此說實在不知輕重，因為古代文人大半得做官，並非閒題兩句「欲把西湖比西子，淡妝濃抹總相宜」就能打發複雜的政務、繁重的公文。東坡兩度主政杭州，第二度再去，發現淤泥厚積，湖水日淺，就得認真疏濬，而挖出的淤泥又得築成蘇堤。浩大的工程在東坡太守監督之下終於完成。至於入朝掌權鬥爭的壓力，下野遠貶江湖不斷遷移的辛苦，就更不用提了。

東坡有一首詩調侃章質夫派人送他美酒六壺，書至而酒不至，句云：「豈意青州六從事，化為烏有一先生」。常有人評他用典太多，唱和過頻。其實才學既富，加以詼諧，只要用典貼切，不失之抽象，又有何妨？

東坡作品有其詼諧一面，他常反躬自嘲，也不放過戲弄文友。例如〈寄吳德仁兼簡陳季常〉一詩，開篇四句就說：「東坡先生無一錢，十年家火燒凡鉛。黃金可成河可塞，只有霜鬢無由玄」。其後四句更挖苦陳季常：「龍丘居士亦可憐，談空說有夜不眠。忽聞河東獅子吼，拄杖落手心茫然」。不過這位畏妻的季常（陳慥），到了東坡的散文裡，卻變成正面人物方山子。〈方山子傳〉選入了《古文觀止》，成了範文。這一來，他不再是那位「拄杖落手心茫然」的「季常癖」了，竟變成隱士、俠士，兼策士，令人嚮往。其實東坡自嘲詩雖多，但在〈後赤壁賦〉中卻自狀為「履巉岩、披蒙茸、踞虎豹、登虯龍……蓋二客不能從焉」，可見非常得意。一般論者美譽前後二賦，每每混為一談；其實前賦之境參透水月盈虛之變，而臻於萬象為賓客之常，可是後賦失其常而困其變，又落入悲觀的小我了。不過後賦中夢一道士，羽衣蹁躚，竟是孤鶴化身，卻令人驚喜。

古代詩人之中，東坡的人緣最好。我是說，他雖特立獨行，卻最為大眾歡喜，所以許多有趣的事都附會在他身上。《警世通言》就有一篇〈王安石三難蘇學士〉，說王屢次考他，他都答不出來，那情況十分複雜，在此不能多表。至於他拿來考西夏使者的古怪「神智體」，我懷疑也是好事者所傳。東坡肉享譽至今，據說杭州百姓感激東坡疏浚西湖，送給他不少肥豬。他教人切成五花條肉，一寸見方，加上作料做成美餚。東坡自己有句：

「無肉令人瘦，無竹令人俗」，不料他連貪吃肥肉，也成了美談。東坡與佛印、黃庭堅之間互鬥禪機，令人發笑。還有蘇小妹的傳說，也都是想當然耳。東坡是有一個姊姊，大東坡兩歲，名叫八娘，婚姻不幸，死得頗早。原來八娘嫁入程家，常受苛待，婚後一年生了一子，但自己也重病。程家不給八娘延醫，蘇家乃接女兒回家調養。等到八娘病情好轉，程家竟將嬰兒奪走。遭此巨變，八娘病又變劇，三日後含冤而歿。

最令我意外的，是蘇洵和東坡父子對王安石的評斷，完全相反，蘇洵攜二子至京師，見王安石之姦詐偽善，曾作〈辨姦論〉一文，影射其人。此文亦收入《古文觀止》，成為範文。三十年後，王安石逝世，哲宗要追贈他為太傅，結果敕文是由中書舍人東坡執筆。東坡如果不願接受，大可婉拒，反正王安石已不在，怎會得罪他？結果東坡寫了，而且下筆非常肯定。其文三段，末段如下：

> 朕方臨御之初，哀疚罔極。乃眷三朝之老，邈在大江之南。究觀規摹，想見風采。豈謂告終之問，在予諒暗之中。胡不百年，為之一涕。于戲！死生用舍之際，孰能違天？贈賻哀榮之文，豈不在我！寵以師臣之位，蔚為儒者之光。庶幾有知，服我休命。

其情其文，蓋亦出於東坡本意。其實王安石是一位很複雜的大人物，而東坡對他也以弟子自居，雖然像是政敵，卻更像是文友。烏臺詩案時，王安石反而是站在東坡一邊，曾上書神宗說：「安有盛世而殺才士乎？」東坡〈次荊公韻四絕〉之三云：「騎驢渺渺入荒陂，想見先生未病時。勸我試求三畝宅，從公已覺十年遲」。又有一首六言詩〈西太一見王荊公舊詩偶次其韻二首〉：「秋早川原淨麗，雨餘風日清酣。從此歸耕劍外，何人送我池南。」「但有尊中若下，何須墓上征西。聞道烏衣巷口，而今煙草萋迷。」所以兩大詩人之間，次韻唱和，既有比賽意氣，也有互慕之情，實乃美事。其實引起東坡次韻之荊公原詩，本就十分之美。原詩為「楊柳鳴蜩綠暗，荷花落日紅酣，三十六陂春水，白頭想見江南」。蘇氏父子對王安石，一為明詆，一為暗頌，有趣。可是東坡祭韓愈與歐陽修，都十分肯定，卻未有明文頌王安石，足見他對王仍有保留。

東坡有些詩文引起正反的評價，例如〈記承天寺夜遊〉小品，寫中庭月色不似人間，末句是「何處無月，何處無竹柏，但少閒人如吾兩人耳」，強調的正是雅致而閒逸，評者常說這是流露貶官之怨，我認為不應這麼落實，倒反而俗氣了。

另一點我要強調的，是東坡的少作雖然已多佳作，但他真正的傑作應該是那些出川已遠而滄桑已深的詩：長者應包括鎮江的〈金山寺〉、彭城的〈百步洪〉、登州的〈登州海市〉；短者也應包括〈自題金山畫像〉：「心似已灰之木，身如不繫之舟，問汝平生功業：黃州惠州儋州」。這一點說明：大作家之傑作未必要以故鄉為主題，例如杜甫之豐收應在成都與夔州。藝術家亦然：例如梵谷，他畫的靜物向日葵是法國泥土所生，而非荷蘭的國花鬱金香。至於平生功業三地之末的儋州，則是離四川最遠甚至大宋江山極南之地。

中華民族愛東坡，不但很多故事派給他演，而且將他的名句泯入日常語言，人人會用而未必知其出處。「胸有成竹」、「雪泥鴻爪」、「高處不勝寒」、「不識廬山真面目」等等皆是佳例。有一次航空公司的櫃檯小姐賣機票給我，見了我的身分證，隨口說出「今日才識廬山真面目」。我猜想她未必知道此句出處。

東坡先生成就多元，即詩一項一生已有四千多首。王水照編《蘇軾選集》在〈前言〉中說，蘇詩傳世三千多首，蘇詞傳世三百多闋。六十六歲已如此多產，比起我以八十八歲也不過逾千首來看，遺產真是豐厚。

——二〇一六年七月

詩史與史詩

杜甫的詩，我每讀一首，都在佩服之餘，慶幸中華民族出了如此偉大的詩宗。如果李白的奔放不羈可以比擬莫札特，則杜甫的沉鬱頓挫當可比擬貝多芬。西方論詩的傳統尊史詩而抑抒情詩，杜甫有詩史之譽，但學者每以他未曾寫史詩而引以為憾。現在我要挺身為他辯護，肯定他一生寫了那麼多詩，合而觀之，其實也可稱史詩，因為那些深刻而感人的傑作，在分量上品質上並不遜於西方的史詩。那些作品若加分析，就發現十分多元。其中有〈新安吏〉、〈潼關吏〉、〈石壕吏〉與〈新婚別〉、〈垂老別〉、〈無家別〉，所謂「三吏」、「三別」的敘事，也有〈三絕句〉（「聞道殺人漢水上，婦女多在官軍中」）的諷刺。〈戲為六絕句〉實開以詩論詩的先例，後人詮釋不斷。〈夢李白〉多首，從致敬到勸戒，語重心長，催人淚下。「魂來楓林青，魂返關山黑。君今在羅網，何以有羽翼？落月滿屋梁，猶疑照顏色。水深波浪闊，無使蛟龍得！」告誡得如此殷勤鄭重，無論在中外文學裡，都屬罕見。此外，杜詩之中也有專求唯美富於象徵的，卻為胡適所輕，例如〈秋興八首〉。茲舉其第七首：

昆明池水漢時功，武帝旌旗在眼中。
織女機絲虛夜月，石鯨鱗甲動秋風。
波漂菰米沉雲黑，露冷蓮房墜粉紅。
關塞極天惟鳥道，江湖滿地一漁翁。

再看〈漫成一首〉：

江月去人只數尺，風燈照夜欲三更。
沙頭宿鷺聯拳靜，船尾跳魚撥剌鳴。

豈非富於感性？前二句訴諸視覺，後二句兼顧視覺與聽覺，真是一首活詩，而且充滿諧趣。杜詩長短不拘：短者如〈八陣圖〉，「江流石不轉」一句，竟融時空於一爐：江水東流，什麼也攔不住，石陣卻不為所動，多大的氣魄。至於長詩，最長者〈秋日夔府詠懷奉寄鄭監李賓客一百韻〉，也只有二百句，在西方文學中只能算短詩。因此讀杜詩，不可拆開來，成為東零西散的雜碎，而要合成一體，綜而觀之變成一整首詩，一整首史詩，主題是安史之亂，使杜甫成為中國最偉大的難民，所以我說：「安祿山踏碎的河山／你要用格律來修補。」

如此說來，「詩史」可謂創作了「史詩」，可列於國際的史詩而無愧。

——二〇一七年一月

論倒裝之美

文法各部門，在詩句中排列的次序，往往形成倒裝（inversion）。格律對語言的壓力也因此轉化為異樣的美感，詩句也因此變得耐讀，嚼之乃覺饒有餘味。中國的古典詩講究平仄的參差、對仗的平衡。西方的格律詩要求輕音與重音的間隔，都不能避免倒裝。散文比較允許平鋪直敘，太多倒裝，反而不自然。讓我從中西詩中各舉數例為證。

香稻啄餘鸚鵡粒，碧梧棲老鳳凰枝。

此例摘自杜甫〈秋興八首〉的末首，如果「還原」為散文，或可說成「鸚鵡啄餘香稻粒，鳳凰棲老碧梧枝」。但是詩意全失：由此可見倒裝之功。盤馬彎弓、蓄勢待發，是引弓之先；反身射敵、中箭落馬，是其後果。茲再引杜甫早年筆健氣盛的〈房兵曹胡馬〉：

胡馬大宛名，鋒稜瘦骨成。
竹批雙耳峻，風入四蹄輕。
所向無空闊，真堪託死生。
驍騰有如此，萬里可橫行。

整首詩的氣勢，大半靠倒裝來撐持。許多句子如果不倒裝，就「還原」為「瘦骨成鋒稜」，「雙耳批峻竹」，「四蹄入輕風」，「有如此驍騰」，「可橫行萬里」，一切撫平，理順了，詩意大失。最靈活的該是「所向無空闊，真堪託死生」一聯，空闊之虛一任胡馬之所向，死生之無常，全託胡馬之馳騁：想像之高妙超邁，簡直升入了哲學之境。另一佳例是〈旅夜書懷〉：

星垂平野闊，月湧大江流。
名豈文章著，官應老病休。

後兩句的倒裝，可還原為「文章豈著名，老病應休官」，倒簡單。前一聯就靈活得多，意為星垂天邊，乃見平野之闊，月輪湧出，乃照見大江之流，真是既有靜態，又富動感，吟誦時，應當前二字一頓，後三字一挫，杜詩至此，方為高明。再引〈古柏行〉：

苦心豈免容螻蟻，香葉終經宿鸞鳳。

苦心，指柏樹心苦，但雙關之意亦包括自謂；香葉也有雙關。若加還原，可作「苦心豈免螻蟻容，香葉終經鸞鳳宿」。前句還原得勉強，後句就自然得多。再引《諸將》之句：

胡來不覺潼關隘，龍起猶聞晉水清。

潼關古來易守難攻，但竟為安祿山所破。七個字就說盡了安史之亂，而且絕難「還原」。另〈詠懷古跡〉有「舟人指點到今疑」一句，亦為「疑到今」之倒裝。〈秋興八首〉之首，「寒衣處處催刀尺，白帝城高急暮砧」，前一句是意義上的逆述，後一句原可還原為「白帝城高暮砧急」，但因在中文裡，「急」字不像在英文裡應依文法而變化，可以承上接下而不變形，實為一招「活」棋。例如在中文裡可以說「你這句話很有詩意」，英文裡要說 Your remarks are so poetic，不可說 Your remarks are so poetry。

〈秋興八首〉之六，「花萼夾城通御氣，芙蓉小苑入邊愁」一聯，散文的次序該是「邊愁」入了「芙蓉小苑」，經此一倒，才有張力：本意原是邊愁（邊疆之亂）雖遠在宮廷深處也感覺其憂。

再從英詩中引數例為證。最有名的該是莎士比亞十四行詩一一六號的開始：

Let me not to the marriage of true minds
Admit impediments.

若依順述次序，可以還原為Let me not admit impediments to the marriage . . . 莎翁如此倒裝，實為破格，強調的是真心實情之愛。濟慈的名詩〈初窺蔡譯荷馬〉（On First Looking into Chapman's Homer）也是一首商籟：

Much have I travelled in the realms of gold,
And many goodly states and kingdoms seen;
Round many western islands have I been
Which bards in fealty to Apollo hold.

可見一經如此倒裝讓開口宏亮的字眼殿後做韻腳，乃使音響之美倍增。這技巧，不少當代詩人都未學會。且看丁尼生的悲歌〈狄索納司〉（Tithonus）之二例：

And after many a summer dies the swan.

主詞在句末才出現，重心殿後，多麼美妙，如果還原為After many years the swan dies，詩意就全失了。在同一首詩中，又有一例：

Me only cruel immortality
Consumes:

把受詞me放在句首，才夠強調，意為「何以惟獨是我如此不幸？」再看和丁尼生同時的白朗寧之短詩〈晨別〉（Parting at Morning）：

Round the cape of a sudden came the sea.

海最後突然出現，予人驚喜，正如天鵝出現在句末的分量一般。

米爾頓有一首十四行詩，題為Lawrence, of Virtuous Father Virtuous Son，即以題目為此詩之首句，倒裝得很妙。如果逕用散文句法，就成了Lawrence, virtuous father has virtuous son，派頭乃蕩然無存。在英詩中，米爾頓最擅長安排倒裝的長句。他的悼亡友〈李西達司〉（Lycidas）就有句如下：

Thee, Shepherd, thee the woods and desert caves,
With wild thyme and the gadding vine o'ergrown,
And all their echoes, mourn.

——二〇一七年一月

免繳遺產稅的現金

閱報驚悉以往教育部定的文言文在課本中的比例，已經由四十篇一減再減，直到目前的僅有十篇；甚至有人擔心，或有一天會全被刪盡。一說文言文的去留也容高中生參加投票。那就更危險了，其實學生是恨不得完全不選文言的。其實目前連白話文也已經變得半通不通了。例如：「這不屬於他研究的範圍」，「那是屬於今天下午的氣象報告」，「屬於」都是冗詞。又如：「他終於被升為主任」，「被」有必要嗎？再如「他為自己倒了一杯茶」，當然是為自己，不必指明是為誰。

文言文之重要，言者已多。它是幾千年中華文化的載體。胡適為了推廣新文化，不免過分強調了文言文的弊病。我自己的作品，當然從眾，基調是白話，但是遇到某些場合，例如避免白到張口見喉，白到不耐咀嚼，我就會求援於文言文的含蓄與權威，用些典故，或引些名句或成語。所以我往往解釋自己的文章，是「白以為常，文以應變」。

中國古典的遺產，經千百年的淘汰到我們手裡，是一筆現金，不需繳稅。唐宋八大家中，有五家至少兼為大詩人，怎可一筆抹殺？目前臺灣的散文，愈寫愈聰明，愈繁複，愈古靈精怪，真能超過韓愈和蘇軾嗎？

我在美國，除了中國文學外，也教過兩年英文。美國雖然強大，但仍然不廢英文，許多教課書裡，仍選了莎士比亞，甚至華滋華斯與丁尼生。美國之大，不能否定英國之長，更未將英文改稱為美文。最多只能像在臺灣，把流行的英文改稱「美語」。反過來，臺灣之小豈能否定中國之大、之久，而擅稱華文為外語？不少臺灣遊客從大陸回臺，竟說為何大陸人說話好像臺灣話。這麼說，不是把閩南話說成像臺語，等於說，父親長得像孩子嗎？

據說新課綱減文言文之餘，反而增加了日文的選項。如果所加的是川端康成、夏目漱石，或一組饒有禪意的徘句，臺灣的學生還可以學到日文的精華，可是新課綱入選的不是這些，也太政治化了。

目前的執政者，親日而排華，不遺餘力。不過日本的學者卻熱衷於研讀左傳及其他華文典範。捨近而求遠，臺灣執政者恐難逃歷史的公斷吧。

本文為響應王基倫教授之高見而作。

——二〇一七年八月二十二日

吟誦千年始能傳後

近日文壇為了文言文存廢的問題爭論不休，但另有一個問題，說大不大，說小不小，卻還沒有人想起。那就是吟誦。原來文言文所以傳後，不但止於默讀，更是透過吟誦。李白的五律〈夜泊牛渚懷古〉是一大明證：「余亦能高詠，斯人不可聞。」典出《晉書》：袁宏有詠史詩，謝尚鎮牛渚，秋夜乘月泛江，正逢袁宏在舫中諷詠，遣人問之，答云，是袁臨汝兒郎誦詩，尚即迎升舟，談論申旦，自此名譽日茂。所以「余亦能高詠」兩句的憾語，意即我也能吟詠，可惜沒有知音人聽見。杜甫也有句：「新詩改罷自長吟。」

一首詩如果只停留在字面上而未經吟誦，則其生命尚未完成。《晉書》就有這麼一段：「王敦酒後，輒詠魏武帝樂府歌曰『老驥伏櫪，志在千里，烈士暮年，壯心不已』，以如意打唾壺為節，壺邊盡缺。」後世遂以「擊碎玉壺」來喻激賞詩文。也難怪朱熹寫〈醉下祝融峰〉，要說「濁酒三杯豪氣發，朗吟飛下祝融峰」。龔自珍在《己亥雜詩》

裡更有這麼一首「迴腸盪氣感精靈，座客蒼涼酒半醒。自別吳郎高詠減，珊瑚擊碎有誰聽？」並自注云：「曩在虹生座上，酒半，詠宋人詞，嗚嗚然。虹生賞之，以為善於頓挫也。近日中酒，即不能高詠矣。」可見定庵詠起詩來，三唱三嘆，不知有多麼慷慨激楚。

中國吟詩的傳統，是各省以自己的方言為準來行，往往病在刻板，易淪於千篇一律，沒有吟者獨特的風格。小時候，父親教我讀古文，選的多半文以載道，例如〈諫太宗十思疏〉、〈五代史伶官傳序〉。我的二舅父就補父授之不足，教了我例如〈赤壁賦〉、〈阿房宮賦〉、〈秋聲賦〉一類的美文。至於詩詞，我本來就愛讀，則自己主動來尋誦。

我認為吟誦古文，應自選風格，無法由他人來示範。父親教我讀古文，往往只是自誦，無所謂傳授。我覺得他誦得並不生動，只是泉州腔而已；舅父吟的也只是江南腔，風雅而已，並不夠壯懷劇烈。我終於發展出自己的風格，以供自我之過癮與催眠。我對班上的研究生暢誦蘇軾的〈念奴嬌：赤壁懷古〉，他們聞所未聞，非常感動。我這才發現，臺灣現時的中文系，根本不出聲吟誦古文，包括詩詞。一九九二年英國文藝協會邀張戎、湯婷婷、北島和我去英國的六座城市演說並吟誦。每次我一定吟誦東坡的〈赤壁懷古〉，也一定贏得熱烈的掌聲，可見吟誦有一種跨越文字的魅力，能催眠聽眾，使之接受異國的風格。這一招屢試不爽，非常成功。無論在臺灣、大陸、西方都十分見效。

另有一事可以說明詩與吟誦的密不可分。便是中國的絕句，因為字少，一時靈感迸發，犯不著筆錄下來，就順口吟了出來，謂之「口占」，乃有「口占一絕」之美談。且以東坡先生為例：他才思敏捷，我相信不少簡短透明的絕句，他都是順口占出來的。加以中文往往對仗，心中得了首句，其後的三句就跟出來了。以李白敏捷之才，口占〈金陵酒肆留別〉一類的「即席」之作，難道還要先打草稿，不怕同席人嘲笑嗎？所以詩人得句，呈兩極化，有的是「閉門覓句」，有的卻是「對客揮毫」。

中山大學的中文系，簡錦松教授學童吟誦詩詞，是極罕見的例外。這些學童實在幸運，從小有此機會學習，他日成誦，沉入記憶深處，左右逢源，必能勝過常人。

——二〇一七年九月

中國古典詩之虛實互通

1

近日耽讀《甌北詩話》，感想頗多。甌北就是清代中期的詩人趙翼，是清官廉吏，判案十分仔細。在廣州獲海盜一百餘人，按律皆為死罪，趙翼詳審之後，只殺三十八人，其餘則遣戍三十六年。林爽文之亂，他適時調來粵軍，平亂有功，曾官至三品。他的志趣，是做詩人，與袁枚、蔣士銓齊名。

2

在《甌北詩話》之中，趙翼詳論前朝詩家，認為李白天才神授，而杜甫乃後天之功，且引杜甫〈白帝城最高樓〉之「扶桑西枝對斷石，弱水東影隨長流」為例，惜其地理錯置。據此則杜甫之〈登岳陽樓〉云：「吳楚東南坼，乾坤日夜浮」，也不免地理有誤。拿一本中國地圖來看，立刻可見長江下游，不管長江和淮河曾有何種交流或錯亂，都只能說它反而是在其東北。以杜甫之博學，這一點也未必是他忽略了方位。這就要用中國律詩的平仄與對仗來考慮了。「吳楚東南坼」如改成「吳楚東北坼」非但刺耳，更是違律。同樣地，〈別房太尉墓〉也因為要對仗，也有「近淚無乾土，低空有斷雲」的彆扭。

「吳楚東南坼」還有一個問題，其本意原來是說岳陽地勢或岳陽樓之樓高，可以遠眺長江的下游，卻忽略了中間還有鄱陽湖到太湖的所謂「雲夢澤」。更欠斟酌的，是吳楚的相提並論。中國不但歷史悠久，抑且疆界多變。吳開拓最早，楚在北方人的心目中則是迷信而且南荒之地。黃庭堅讚蘇軾的名句：「公如大國楚，吞五湖三江」，可見楚國之大，包羅之廣。

王昌齡的七絕〈芙蓉樓送辛漸〉：「寒雨連江夜入吳，平明送客楚山孤，洛陽親友如相問，一片冰心在玉壺」；此地的「吳」，指的是江蘇省丹陽，離鎮江尚有數十公里。芙蓉樓在潤州（今江蘇鎮江）西北方。王昌齡當時任江寧（今南京市）丞，詩中所詠，或指王本人陪辛從江寧到潤州，再渡江取道揚州去洛陽。次日清早送客，隔江可望楚山，但心情卻是即將分手的孤寂。可見中國古詩常安排造物廣闊的背景來襯托詩情，所以吳楚動輒入詩。

鄭谷的〈淮上與友人別〉也可資印證。其詩云：「揚子江頭楊柳春，楊花愁殺渡江人。數聲風笛離亭晚，君向瀟湘我向秦。」揚子江本指長江上游，但此地卻泛指長江。瀟湘不只指其二水，卻相傳舜帝南巡，死於蒼梧，二妃從征，溺於江中，所以詩人寫到二水，都不免美麗加哀愁的聯想。至於「風笛」，劉學鍇先生在《唐詩鑑賞辭典》中以為是指二友在「宴別」時聽見的奏樂。我認為不是如此：詩中人既要「渡江」，而長途又南北遠征，所以「離亭」的風笛該是驛站或碼頭催客上路，而不是客人宴別會上收起自備的器樂。「君向瀟湘我向秦」只是故事的開頭，而非其結尾。「篇終接混茫」，殆此之謂。

3

一般人印象中均覺「猿猴」雖為通稱，但唐詩似乎只用「猿」，而絕不用「猴」：李白的「兩岸猿聲啼不住」，杜甫的「風急天高猿嘯哀」，馬戴的「猿啼洞庭樹」等均是例子。樊增祥生平成詩逾三萬篇，曾有詩云：「若得水田三百畝，這番不作猢猻王。」14寧用「猢猻」，也不說「猴」。

〈秋興八首〉在寫實的基礎上經營唯美的意趣，乃杜甫晚年的一系列傑作。先看其第一首：

玉露凋傷楓樹林
巫山巫峽氣蕭森
江間波浪兼天湧
塞上風雲接地陰
叢菊兩開他日淚
孤舟一繫故園心
寒衣處處催刀尺
白帝城高急暮砧

14 另有一說是秦檜所作。

中間到第三句還在寫實，但巫峽既狹且峭，波流之勢已不可能「兼天湧」，而塞上風雲也想遠了。叢菊已再度開花，孤舟也不必實指有船，只能指遠遊之鄉思。末二句則指衣衫已難禦寒，早該縫製。白帝城高，則浣衣婦暮砧遠傳，也動鄉愁。由此可見，唐詩為了唯美，需要求之於時間（季節）與空間（地理），此情不但可見於杜甫，而於李白更順手拈來，不可思議。再看〈秋興〉第七首：

昆明池水漢時功
武帝旌旗在眼中
織女機絲虛夜月
石鯨鱗甲動秋風
波漂菰米沉雲黑
露冷蓮房墜粉紅
關塞極天唯鳥道
江湖滿地一漁翁

八句虛實相生，虛者上溯到漢武帝，實者化虛為實，鼓靜成動，很生動。《秋興》八首都寫於夔州，而所思在北望秦中，所以第七句是指劍門之險。江湖滿地指在野之身，此身獨旅，有若漁翁。「關塞極天」與「江湖滿地」對仗得好。中國詩中，詩人自稱，以漁樵為雅。中國詩歌的地理背景安排得架子很廣闊，即使用典對仗，也不甘平鋪直敘。再舉許渾的〈秋日赴闕題潼關驛樓〉為例：

紅葉晚蕭蕭
長亭酒一瓢
殘雲歸太華
疏雨過中條
樹色隨關迴
河聲入海遙
帝鄉明日到
猶自夢漁樵

此詩寫許渾自丹陽遠赴長安，在潼關過夜的經過。前二句沒有動詞。後六句則各有一動詞：「歸、過、隨、入、到、夢」。許渾的能耐，就是化靜態為動感。例如「河聲入海遙」一句，就綜合了視覺、聽覺、方向、距離，以簡攝繁。又如「樹色隨關迴」一句，也有過程的連續感。再如末句「猶自夢漁樵」，也暗示了身在魏闕而心存江湖的在野之感。

甌北論詩，誣杜牧詠史之作，故作翻案，殊少蘊藉，以炫奇取勝。其實杜牧詠史，實為論史，誠開王安石之道，李白只能懷古，而非論史也。杜牧與李商隱相提並論，而稍欠其沉痛，唯「替人垂淚」、「一騎紅塵」、「銅雀春深」、「捲土重來」、「青山隱隱」之勝，也非他人可比。又甌北論詩，以為陸游勝於蘇軾，甚至為陸詳訂年譜。陸游誠大詩人，唯我認為終少遜東坡，詩產雖多，但名聯亦常重見，錢鍾書在《談藝錄》中曾指出此點。

甌北推崇李杜，卻豪言自誇：「李杜詩篇萬口傳，至今已覺不新鮮。江山代有才人出，各領風騷數百年。」李杜詩篇萬口競傳，自有其不朽之處。我心折口誦，仍未覺其過時，所以在仰頌杜甫的詩中，我有詩說：

在你無所不化的鎔爐裡，
我怎能鍊一丸新丹？

趙翼的自誇之詩，如果改成「各領風騷數十年」，甚或「三五年」，就比較可靠了。

——二〇一七年十二月

輯三

銅山崩裂

——追念亡友吳望堯

詩人吳望堯晚年多病，幾近失明。很久沒有通訊，只知他遠在中美洲，等到他客終他鄉的噩耗輾轉傳來，雖為新聞，卻已非近事了。我的難過就像隱隱的內傷，難以指認確在何處；儘管疼痛沒有焦點，卻牽連到半個世紀的回憶。

故事雖已結束，但怎麼開始的，竟記不起了。只記得一九五四年藍星詩社成立之初，創社的五位詩人並不包括望堯，所以他的出現當在蓉子之後，而稍早於黃用。等到我在一九五六年九月結婚的時候，他已經是來廈門街按我家門鈴最頻的常客，遠較夏菁、黃用為頻，更不提創世紀那些豪傑了。

我這一生從未入黨，對於組社結派也無興趣。當年參加共組藍星，是因為鍾鼎文、覃子豪兩位前輩忘年枉顧，連袂相邀，令我有些受寵若驚。但他們畢竟長我十五、十六歲，可以結成文友，卻不便賦成詩弟詩兄。真正常泡在一起高談闊論、褒貶人物的，是四個人：其中夏菁長我三歲，望堯和黃用各小我四歲到八歲，可以算是同輩。黃用年紀最輕，反而知性最強，擅於理論分析，評人最苛，來我家最大的興趣在坐而論道，而對世事的繁複不太關心。夏菁年紀最長，性情最寬厚，即使論到「文敵」，也只輕描淡寫，談笑用兵，從未見他劍拔弩張。他另有入世的一面，不會只顧跟我談詩而冷落了我的家人，疏忽了我的新娘，可說是理想的客人。望堯在談詩之外，更樂於融入我的家庭，跟我們夫妻玩在一起。他在臺灣似乎沒有家庭，可以確定的是只有一個哥哥，叫吳望汲，乃國大代表之類。我們很少追問他的身家，只知道他曾在淡江英專肄業，而他也很少自述家世。

無羈無絆，這麼一個單身漢，又是任俠善感的性情中人，喜歡常來我家，而且不一定唯詩可談，所以很自然就成了玩伴，不但點子多多，而且往往夜深才散。望堯的詩有其陽剛雄奇的一面，與我同一類型的風格可以呼應。兩人有不少同好，從觀星到鬧鬼到欣賞古典音樂，我們都能共享；吾妻我存也縱而容之，顧而樂之，參而加之，留下了不少同樂的回憶。

當時臺北的夜空，大氣尚未汙染，光害也還不劇，星象有時歷歷可見。我們不一定要去開曠的河堤上才能觀星，就算廈門街的巷子裡，也可以在冬夜仰望獵戶星座，像天啟神諭一般，那麼壯闊而璀璨，堂堂自東南方升起。望堯總是興致勃勃，一手電筒，一手星圖，不斷俯仰參照，求識天顏，神遊乎光年之外。兩個星迷就這麼夜復一夜，共遊於宇宙之大，光程之遠，忘情於天文學與神話之虛實綢繆。那段時間，我們寫太空幻境的詩因此也就不少。一九五七年八月，我的〈羿射九日〉一詩在中央副刊發表，有「拉開烏號的神弓，搭一枝綦衛的勁矢」之句。望堯當天從南部趕回臺北，特別為之買了一把黑漆的長弓來送我，令我深感知己的知音。

另一同好便是鬼神的靈異世界。我們常在夜深述說或編造鬼故事來互相驚嚇。有時會忽然關掉電燈，用電筒由下照上，露出明暗易位的一臉猙獰。我們夫妻本來不看日本電影，卻在望堯的勸誘之下去看了《四谷怪譚》、《獨立愚聯隊》，當然還有《宮本武藏》。有一次我們上街，望堯昂昂然獨步於前，我走中間，我存則落單拖在最後。事後我存抗議，望堯卻說：「日本片裡的武士都是這樣的」。

望堯酷嗜古典音樂，入迷之深勝過我們夫妻，尤其聽到高潮入神，總會情不自已，做出打拍子應節的手勢，一面閉目忘我，隨著曲調陶然地哼哼唧唧。受到他的感染，我們更加興奮。他的記性很好，即使不聽樂曲，也會大段哼出李斯特的〈匈牙利狂想曲〉或是貝多芬的〈皇帝鋼琴協奏曲〉。我則不甘示弱，也會哼出林姆斯基．科薩柯夫的〈天方夜譚〉來較量。

望堯乃浙江東陽人，該是初唐詩人駱賓王的同鄉。當年藍星這「四人幫」的少年遊，正醉心於西方的繆思，並未認真追究彼此的籍貫。其實夏菁與望堯都是浙江人，我和黃用都是閩南人，原則上均為南方人，也許可以另組閩浙詩派了。四人之中，黃用最高，依次遞降是夏菁、望堯和我。望堯剪小平頭，額寬頷窄，嘴比較小，閉緊時愛鼓起下唇。臉色經常灰沉，兩頰有些瘦削，皮膚較粗如橘面。發聲近於男中低音，鼻音與喉音較濃。他的表情以陰鬱為基調，但在興頭上也會意氣風發，一時豪放，浪漫到不行。

有一次一連好多天他未來我家，我們不放心，輾轉打電話找到他。果然有了意外。他租屋獨居，生活不守常規，某次深夜回去，進不了門，便攀竹籬入內，不料跨越失手，被一根竹尖狠狠戳進脅下。我們立刻趕去探傷，見他果然紗布吊臂又裹脅，狀若傷兵。不過又發現他非但沒有沮喪自憐，反而引以為傲，髣髴做了一次落難英雄，我們也就釋然，苦笑以對了。

我和望堯儘管相交莫逆，但是來往的場景多在廈門街我家。至於他的日子平常是怎麼過的，跟哥哥的關係又是如何，我們並不清楚，只覺得這位朋友嚮往的雖是武士氣概，真正過的卻是吉普賽生活。有一點卻可斷定：不管他寫過多少情詩，當時他應該沒有女友，否則總會帶來我家。我存憐他浪蕩無主，就把自己一女中的一位同學介紹給他。望堯約會了她幾次，甚至還同去郊遊，不過後來並無結果。也許那女孩並非詩人的知音，加以對方的家長一聽是什麼詩人，就反對他們交往下去了。不過望堯也並非毫無收穫，例如〈騎士的憂悒——給葉洛．芙瑛〉和〈乃有我銅山之崩裂〉，就是事後留下的情詩：「葉洛」影射的，正是那女孩姓黃。

我和望堯深交，是在一九五五至一九五八那三年。一九五八年的夏末秋初，短短三個月裡，母親火化，珊珊降生，我自己更遠赴美國：人生的三大變化接踵逼來，先是悲喜交加，而終於被寂寞領走。等到一九五九年秋天從美國回臺，幼珊卻繼珊珊而來，我在師大英語系新任講師，又忙於備課，遂無法像從前那樣和望堯頻密來往。望堯大概誤會我在疏遠他，意有不釋。其實我留美一年，他先後贈詩兩首：一為送別的〈半球的憂鬱〉，一為催歸的〈四方城裡的中國人——給光中〉，都真情流露而詩藝精巧。而幼珊出生，也是他第一個飛郵去美國報喜的。如此情義，絕非泛泛。

一九五九年十一月，我回臺一年後，望堯也毅然決然，連根拔起，遠征越南而去。這一去，連他自己一定也沒想到，竟是漫長的十八年，直到一九七七年九月才從越共統治的西貢重返臺灣。其間他在西貢創業，專利經營他所研發的清潔劑而致富，生活穩定後重拾詩筆，頗為多產。不幸最後越戰逆轉，西貢一夕陷落，他的巨富化為烏有。當時我已轉任香港中文大學中文系教授，先後寫了兩首詩給他：前一首寫於他身陷初破的亂城，題為〈西貢——兼懷望堯〉，後一首寫於他重獲自由之際，題為〈赤子裸奔——迎望堯回國〉。我們相互贈詩，都是遠阻兩岸：他贈我詩，還在偏安之局，我贈他詩，卻在兵燹之世。

望堯一家能從易手後的西貢逃出來，我家也出了一份力量。我父親久任僑委會常委，乃促成僑委會聯絡臺灣駐泰國代表沈克勤，向越方證明望堯的戶籍本在臺灣。如此望堯始得先飛曼谷，再轉臺北。後來望堯驚完憶驚，才對我們追述，他帶家人登機之後，起飛之前，深恐臨時還有變故，那一刻長於千年，是怎樣焚心的焦慮。

但是臺北居亦大不易，望堯的化工企業已經毀於越戰，他破產了，身心俱疲。三年之後他鼓起餘勇，帶了全家再別臺灣，去一個比越南更遠而且全然陌生的異國。他去了馬雅古國宏都拉斯。一舉而要融入中美洲的人情地理和西班牙語的日常生活，更不提還得全神創業，壓力之重當然容不得詩人吳望堯再顧繆思。漸漸，他與臺灣失去了聯絡。尤其到了晚年，久患的「老年視網膜退化症」更加惡化，就算把兩架放大鏡疊在一起，也只能勉強辨識字形，而儘管如此，稍一久讀也會眼痛。至於寫字，也苦於舉筆維艱，所以難於和朋友通信。如此困境，當然更敗壞詩興。

這便是曾經與我友情共鳴詩興相通的傑出詩人吳望堯。在交會時他曾經與我如此地親近，而錯過後卻又與我如此地疏遠。他是藍星星座飄泊得最遠的一剎流星。金屬疲勞的肉身啊終於埋骨在馬雅的青山，曾經歌哭於斯煥發於斯的福島，再也回不了了，而用詩句牽過繫過纏過的神州，更無緣再踐。但是他的魂魄，他那無所不入、入而無所不透的想像力，曾經兼探東方與西方，貫穿美學與科學，並且用敏感的觸角伸向未來，則將長久馳騁於他的詩篇。可憾者他的詩名今已不彰，連張默主編的《新詩三百首》也吝於為他留一頁半頁。我相信，吳望堯留給現代詩史的豐美遺產，仍有待耐心的史家、論者仔細清點。棺雖已蓋，論猶待定，詩友學朋們，看一看後視鏡吧。

吳望堯的詩作產量豐富，風格多元，佳作不少。大致分來，約有三類。第一類是少作，受了新月派和西方浪漫派的影響，輕倩柔美，意淺情濃，和我早年的情況相似。第二類仍是抒情的小品，但命意轉深，個性轉強，感性獨特，風格漸向現代詩接軌，看得出大有發展的潛力。第一類可以下列的〈豎琴〉為代表：

我的心是隻小小的豎琴，
久久沒有人來彈奏，
如今撥出了優美的聲音，
被你一雙纖纖的手。
你切莫把琴絃彈得太重，
因為絃絲已經陳舊，也不要儘管輕輕地撫弄，
那將撩起我的憂愁。

第二類的佳作應該包括下列的〈銅雀賦〉：

若你有銅雀　鎖不鎖得住春天若你有春天　鎖不鎖得住二喬若我有東風便把東風一股腦兒借你借與你漫天的花雨　千樹的桃花

逐水流。可是江南不是千山的江南任十里的春江向晚　凝目處堆煙砌霞漢朝的樓臺不見樓臺　荒蕪的庭院深深誰還知道千年的往事　又散入了誰家？

若你有春天　鎖不鎖得住東風若你有桃花　染不染得紅半壁的天涯百代下　若你在銅雀遇見了二喬且問她　若三月的東風不來　妳嫁是不嫁

這種詩真是尖新可口，用現代的口語來傳古典的風流：徐志摩無此自如，何其芳無此颯爽。節奏太滑利時，已懂得將「千樹的桃花逐水流」分在兩段，頓挫來得突然，乃收變速、變調之功。又如「染不染得紅半壁的天涯」，既有口語的自然流暢，又有「半壁天涯」的化虛為實，巧鑄新詞，誠然是推陳出新的。又如〈醒睡之間〉這一首：

睜眼泅泳於黑海灣的菱角線上
聽心的幫浦在壓縮，呼吸如蛇之在我鼻穴中游動

四壁牆上有十六隻眼睛在交換眼色
手術臺上躺著待割的魚吧
可以掀去我的鱗片了，流白色的血液而無感於痛的所以一群戴口罩的木乃伊在私語著

我是被壓在這灰色光的金字塔下的
躺在一方冷寂的沙漠，千年的歲月奔瀉直下

我感到，有仙人掌的利劍在刺我，向生命的脆弱處
而我已是長了翅膀的，我可以飛了！

主題當然是寫手術臺上的病人正接受開刀，在麻藥的半昏迷狀態，經歷了成串的幻覺與聯想，從魚到沙漠，從金字塔到仙人掌，最後到鳥，真能直探魔幻寫實的奧妙。這主

題，我在自己的〈割盲腸記〉一首中，亦曾處理，句法比他精練，想像卻不及他神奇。在這類詩中，望堯已經擺脫了早年的浪漫純情，像下面這首〈中文橫寫〉就另具機智與諧趣：

地球向東轉　太陽向西爬
四千年的文化　突然
變成喝醉酒的螃蟹　在
臺北的街頭　五光十色的招牌上
　　　　迷路！

左顧而右盼　好像都一樣
　　好像都不一樣
（這是左右逢源　還是左右為難？）
媽媽愛我　我愛媽媽
那倒沒有關係　總是一家人

爸爸的舅舅　舅舅的爸爸
這本帳　可就有點糊塗

有人說　左道就是旁門
行人靠右走　就不會撞車
確是有點哲學　可是我覺得
還是挺直了腰幹走路最好

純論詩藝，此詩失之散文化，而排列也嫌零碎，但若論命意與造境，卻很高明。此意由我借來經營，相信會較警策，可見望堯雖多才而多產，有時卻得魚忘筌，不拘小節，不耐細改。第二類中另有一首，題為〈乃有我銅山之崩裂〉，原是一首情詩，開始兩句是：

乃有我銅山之崩裂了
你心上的洛鐘也響著嗎？

當年望堯寫好後示我，只看起句就震撼了我。太有氣象了，動情，就應該如此的。古諺有云，「銅山西崩，洛鐘東應」，根據東方朔的解說：銅者山之子，山者銅之母。洛陽的銅鐘無故響了三天，是因為遠在西方有山崩的關係。這典故我那時並不清楚，足見望堯涉獵雜書比我廣博，而又眼明手巧，竟能用來象徵情人之間心心相映，不，心心交撼之狀。可惜接下來的句子望堯卻寫得太纏綿太淺白，未能接住莊重的古典，落得有句而無篇。〈我打今天走過〉是一首組詩，寫詩人走過晨、午、暮、夜，各為一副題。單看第四段〈夜〉，便可見作者想像之奇詭：

紫晶杯中尚存著些殘酒
我是遲歸的浪子嗎？
啊！何以星子摒我於門外？
我欲叩月的門環
卻錯抓了大熊的尾巴

末三行的一連串隱喻轉位得既快又妙。既單純又繁複，卻又秩序井然。望堯的許多高超之作，常以太空為舞臺，而成就其宇宙劇場（cosmic drama），但也可以觀察入微，以人心人體為微觀戲院（microcosmic theater）。在他的詩藝中，回歸新古典與探險超現代可以同時進行。他的不少新古典之作，又像歌劇，又像宋詞長調，反覆詠歎，令人擊節。下面是八行的〈大宇如網——贈所有在臺的詩人們〉：

大宇如網，星橫黯天，南國初夏
念十載浪跡，廿年浮名，方圓縱橫，已成煙霞
琴棋殘落，書劍飄零，那隻身又是天涯
莫回頭，看野荷如詩，新月如畫

且罷，愁如瀉，負長劍四海如走馬
待北窗高臥，東籬鋤菊，不談風雅
去去何處，渺渺山河，莫非是猿鶴蟲沙
到如今，問新詩三千，是誰天下？

可惜望堯雖然多產，卻盡為短製，並無氣貫百行的扛鼎力作。他的第三類詩也沒有長篇，都以組詩的結構建成，有一種輻輳聚焦的引力。這一系列的巨構展現出作者壯闊的雄心，善變的機心，值得詩評家認真評定。從道家的〈太極組曲〉和〈東方組曲〉到現代感

的〈都市組曲〉和〈二十世紀組曲〉，再到動力美學的〈力的組曲〉，他的想像簡直有意將回憶、當今、展望鎔於一爐。這一類組詩格局宏大，設想奇詭，虛實相應，文白互補，為現代詩開拓了既能化古又能求新的領域。我認為吳望堯的潛力並未充分開發，若非時代多災再加晚年多病，當能鍊就更醇厚的詩藝，完成更精美的作品。限於篇幅，我無法在此大量引證，卻忍不住要讓讀者窺豹見斑。下面先引〈都市組曲〉十首之三，〈銀行〉：

紅墨水，藍墨水，吸墨紙，鋼筆，尺
算盤與算盤的咒罵，計算機們數字的接力賽
帳簿上有許多阿拉伯數字，許多許多——〇
收入和支出摔角，借方與貸方抗衡
爭論著龐大的保險庫之地獄鎖著的銀行的靈魂
驕傲的，千萬個人所追求的，不屑於一顧窮人的
從冷冰冰而陰沉的，保險庫的大地獄
在大理石的陰陽界上，從鐵絲網的小門
投胎於朱門大腹賈的大口袋中

與此都市文明冷酷理性形成對照的，是〈力的組曲〉十一首之末，〈騎駝者〉所營造的古代文化的神祕氣氛：

顫抖的銅鈴震撼著沙的波紋
啊！夜冷了，幽邃的鈴聲更冷
風的手指扯亂了司芬克斯的頭髮
狂嗅著駱駝的屍骸，倒斃者的紅頭巾
瘋狂地訴說它橫行於大漠的驕傲
得意地吹動著尖銳的黑管
而狂笑，隱身於金字塔的陰影

我並不懷疑我的駱駝是沙漠的方舟
我是駝峰的征服者，我仰首
哲人星在頂上放光，向無垠的沙漠指路
青冷的月光撩亂我懷中匕首的鋒刃
呵！我要以它插進腐朽的歷史的——心

遠處，遠處傳來古老的木乃伊的歌聲
我騎著駱駝，按著匕首，向它昂然而去

這樣的詩句，在語言上我還能夠修練得更簡潔，但是在想像與風格上已經無法更提升了。

——二〇〇九年二月九日

附註：本文所舉之詩均見於《巴雷詩集》，希孟編，二〇〇〇年由天衛文化公司出版。巴雷是吳望堯筆名。

天鵝上岸，選手改行

——淺析瘂弦的詩藝

瘂弦先生對於臺灣文藝的貢獻，依分量之輕重，該是詩作、編輯、評論、劇藝。他寫詩，是揚己之才；編刊，是成人之美，不但鼓舞名家，發掘新秀，抑且培植繼任的後輩；評論以回顧新詩發展與為人作序為主；劇藝則以主演《國父傳》聞名。

但是瘂弦最重大的貢獻，仍應推現代詩之創作。從一九五三年到一九六五年，十二年間他寫了近百首作品，量雖不豐，質卻不凡，令文學史家不能不端坐正視，更遑論一筆帶過。近百首作品之中，至少有一半是佳作，至少有五分之一是傑作。他的作品所以不凡，特色頗為多元，實在難於歸類。例如北方之民謠風味、歐美之異國風格、奇幻之花草意象、浪漫之水手生活、傳神之人物速寫，還有文白對位之奇妙句法、北地方言穿插翻譯口吻之文體、音調呼應隱喻起伏之手法，在在都令讀者驚喜難忘。當然，他是我這一代必定會傳後的一位。從他停筆迄今，已近半個世紀，無情的時光顯然忘不了他。

我和瘂弦的詩緣頗為悠久。早在一九五八年，我已在〈簡介四位詩人〉一文中推崇過他，指出他詩藝的特色是戲劇手法、善用疊句、異國風情、典故頻頻。一九五九年我在愛奧華的畢業論文New Chinese Poetry裡，又譯了他三首詩：〈土地祠〉、〈船中之鼠〉、〈酒吧的午後〉。其中〈土地祠〉一九七八的「油葫蘆」一詞，是北方人對蟋蟀的稱呼，我這南方人未加細察竟予誤譯，後來被劉紹銘指出。被一個廣東人如此糾正，實在不甘。

我和瘂弦之間還有編者與作者的關係。先是在現代詩慘澹經營之初，我負責《文學雜誌》和《文星》兩刊的詩頁，曾經發表了瘂弦（後經公認的）幾首好詩。後來瘂弦自己主編《幼獅文藝》和聯副，凡我的稿件，他必定刊用，有時更邀我開闢專欄，對我的鼓勵遠勝我當初對他。瘂弦和我之間，除了這些直接的關係，還有一些間接的影響。至少他早熟的詩藝，對我當日出發較早而成熟較遲的繆思，多少也有所啟發。他的魅力多元而玄祕，很難用評論的三稜鏡來分析。首先他的主題或角度大半是低調，往往是無可奈何，顧左右而言他，充滿自嘲甚至自虐。〈劇場再會〉、〈傘〉等早作已有先例，後來的〈歌〉、〈殯儀館〉、〈戰神〉、〈乞丐〉、〈船中之鼠〉、〈酒吧的午後〉、〈巴黎〉、〈上校〉、〈馬戲的小丑〉、〈如歌的行板〉、〈深淵〉等等，其實都是此一低調的輻射與變調。

低調的另一變調是反戰的主題：這現象在臺灣軍中詩人之間相當普遍。早在一九五七年寫的〈戰神〉，正是一篇代表作，其後的〈上校〉和〈戰時〉也是同類。在五〇年代，臺灣當局，尤其是軍方，對這種主題當然是禁止的。詩人的障眼法不是故作晦澀，便是將場景搬到外國去，遁入翻譯作品的幻覺。瘂弦的詩藝頗得益於翻譯作品，因為上乘的譯文能擺脫古典詩好用典故又困於陳腔的壓力，常有新穎活潑的效果。《瘂弦詩集》的第四卷就有十二首是把場景移去歐美或中東。有趣的是：無論瘂弦如何轉移場景，有一個中國的座標常駐其間，那便是他少年時期熟知的蕎麥田，而不時出現在他詩中的鄉愁意象，令我這南方人也為之悵惘的，還有嗩吶、銅環、陀螺等等。

反過來說，瘂弦的「域外」寫作，憑其吸收翻譯作品的敏悟，也真能安排細節，經營意象，造出逼真的臨場感來。諸如「船首神像的盲睛」、「橋牌上攣生國王的眼睛」等，都很傳神。

瘂弦詩中的意象結構，也善用各種花草來美化或異化場景而憑空加強了詩意。屈原也很會營造這種flora的繽紛感。芳譜開出來，一路不是水葫蘆花、山茱萸、木樨花、苧麻、白山茶、酢漿草、忍冬花、金銀花、迷迭香，便是苦柏樹、酸棗樹、燈草絨、野荸薺。這種手法令人聯想到現代畫的拼貼（collage），以不類為類，以並列對照來異化陳腔濫調，邏輯上未必說得通，美學上未必行不通。

另一方面，要說瘂弦的作品都沉溺於陰暗淒迷的低調，也未免失實。從他詩路起點的〈我是一勺靜美的小花朵〉出發，《瘂弦詩集》第八卷裡已經有不少愉悅、積極、美好的少作，例如〈我的靈魂〉、〈葬曲〉、〈藍色的井〉、〈地層吟〉。同時，〈短歌集〉的五首組詩，尤其是〈曬書〉和〈流星〉兩首，不折不扣，都是生動清澈的意象詩，早已超越胡適的淺白，而追上龐德的尖新了。《瘂弦詩集》的前幾卷中，像〈春日〉、〈秋歌〉、〈一九八〇年〉、〈蛇衣〉、〈婦人〉、〈給橋〉諸作，也都溫馨動人，充滿了愛與祝福。而在這一類詩中，堪稱集大成的傑作便是長達五十二行的〈印度〉，也是我早年激賞之作。瘂弦此詩作於一九五七年，直到一九八三年我自己寫出了〈甘地之死〉、〈甘地紡紗〉、〈甘地朝海〉的組詩，才覺得自己像瘂弦一樣，也終於向這位聖雄俯首致敬。

瘂弦出身戲劇系，後來成了傑出演員，朗誦高手；他的好詩往往充滿戲劇感的張力，也其來有自。《瘂弦詩集》第五卷十首，都是各行各業人物的速寫，寥寥數筆，就像古人畫像的「頰上三毛」，頓時活動起來。其中〈C教授〉、〈水夫〉、〈上校〉、〈修女〉、〈坤伶〉、〈故某省長〉六首都屬上品，〈上校〉與〈坤伶〉尤其短小精警；而更可羨的，六首都是同一天寫成。其實卷一的〈三色柱下〉，寫理髮這一行，諧趣充溢，兼有感性與理趣，也不妨納入卷五。

最後要分析一下瘂弦的語言，及其所承載的詩體。瘂弦的語言有其獨具的魅力，不以力取，而以韻勝。它能夠溫馨柔麗，也能夠陰鬱低沉，更能一詠三歎，疊句重詞，一波三折。其綜合的音調，兼有苦澀與甘美，即英文所謂的bitter-sweet。至於語言的成分，則在白話的基調上還融入了文言、方言和譯文語氣：白話中包含了北方的俗語，文言的脈絡來自李金髮，可能還有紀弦、方思，譯文的語氣則取自他廣泛的閱讀。但不論龍脈如何交錯，到了他的筆下，都調成了奇妙的雞尾，成了可口的cocktail。往往，精美的疊句會間歇地出現在多行的長段之間，像宣敘調之間出現古典的詠歎調，又像濃重的現實之間忽然一瞥想像的美景。

輕輕思量，美麗的咸陽

——〈下午〉

伊在洛陽等著我

在蕎麥田裡等著我

——〈橋〉

在簾子的後面奴想你奴想你在青石鋪路的城裡

——〈下午〉

第三句以二十字組成一行，帶點意識流，真要令人斷腸，可是《痖弦詩集》後面的附錄卻未譯到位：Behind the curtain, your slave is thinking of you, thinking of you in the city of pavements. 此地的city of pavements失之於散文化，令人想到柏油鋪路的現代都市。同時，think of也似乎太平淡。我倒建議不妨譯成：Behind the curtain, how your slave misses you, missing you in the town paved with green stone-slabs.（missing改成pining也行）。〈下午〉的第一句也是絕妙的名句：

我等或將不致太輝煌亦未可知

十三個字一波三折，文意不斷轉折，極盡迂迴之能事，卻令人叫絕。語氣低調之中有自嘲也有自慰；主詞是複數的「我們」，暗示落魄的一代。〈如歌的行板〉有一句可以和此句呼應：

君非海明威此一起碼認識之必要

「君」、「非」、「此一」、「之」之文，和「起碼」之白，互相浮雕，也極盡調侃之能事。回到前面的「我等……」一句，「不致」、「亦未」皆否定詞，但是否定得頗溫和；「或將」更是猶豫不定的語氣。三者並列一句，究竟是自得還是自諷，真是難說，何況「輝煌」之前還有個「太」字，分量又有了變數。狡猾的瘂弦竟會如此造句，真虧了他！

說到詩體，一般評論家也許會認為瘂弦的作品，除了北方民謠風的一些以外，都顯然是所謂「自由詩」了。我卻認為不盡如此。他的詩，分段整齊者有〈戰時〉（每段五行）、〈巴黎〉（每段四行）、〈馬戲的小丑〉（每段六行）。〈歌〉乃讀里爾克詩後所寫，每段四行，前三行長，末一行短，結構完全一樣。〈山神〉乃讀濟慈與何其芳後所作，每段六行，四段平均分配給春、夏、秋、冬，直逼濟、何的感官臨場感。〈倫敦〉每段四行，有兩處用了如下的押韻疊句：

乞丐在廊下，星星在天外
菊在視窗，劍在古代

〈坤伶〉六段，每段雙行，有三段用了韻腳，或近乎用韻：「衛、碎」、「啊、她」、「律、裡」。〈如歌的行板〉句法不拘，也不押韻，但「……之必要」的疊詞貫串了全詩，參參差差，一共出現了十九次，成了絕唱。再看〈復活節〉一詩：

她沿著德惠街向南走
九月之後她似乎很不歡喜
戰前她愛過一個人
其餘的情形就不太熟悉

或河或星或夜晚
或花束或吉他或春天
或不知該誰負責的，不十分確定的某種過錯
或別的一些什麼

——而這些差不多無法構成一首歌曲
雖則她正沿著德惠街向南走
且偶然也抬頭
看那成排的牙膏廣告一眼

這首詩好像是自由體，但是每段一律四行，首段「喜、悉」互押，中段「晚、天／錯、麼」雙押，末段「走、頭」互押，由於語言自然，一般讀者遂掠過而不察了。瘂弦的好詩之中，這首〈復活節〉也是突出的，雖無警句，也無妙喻，卻像藝術電影的一個橋段，女主角有滄桑的美麗，在一條不熱鬧的街上走過，一直在換背景，似有若無，有淡淡的配樂揚起。瘂弦的詩可稱傑作的，至少應該包括下列的這些：〈紅玉米〉、〈土地祠〉、〈印度〉、〈船中之鼠〉、〈馬戲的小丑〉、〈深淵〉、〈坤伶〉、〈上校〉、〈給橋〉、〈如歌的行板〉。一位詩人留下了如許傑作，對於民族母語的貢獻，也就永不磨滅了。

——二〇一一年五月二十一日

爐鎔道藝一鴻儒
——悼隆延先生

藝通今古、學貫中西的張隆延先生，二〇〇九年五月以百歲高壽逝世，當代大儒又弱一位，至堪惋惜。吳爾芙夫人悼念康拉德的文章，以這麼一句開始：「死亡慣於激發並調準我們的回憶」。隆延先生生前，我無緣立雪其門，不得大叩，卻有幸數挹清芬，留下深刻的印象。

六〇年代初期，蕭孟能創辦的《文星》雜誌對低沉的臺灣文化界激盪很大，對文藝的現代化運動也頗多鼓舞。當時隆延先生正任國立藝校校長，稍後又任教育部國際文教處長，對這本刊物十分支持，並先後發表藝術欣賞及中西文藝比較的文章多篇。蕭孟能府上常有文人學者雅聚，有一次我也應邀參加，正逢隆延先生為十幾位與會者評介馬諦斯的藝術。該是半世紀前初夏的午後，張先生穿的是顏色輕淺的上裝，眉豐髮密，舉止從容，風神俊逸，流盼間帶著自得的微笑，因為他講的正是他最喜歡的題目，自然手揮目送，有一種游於藝的逸興。我剛從美國回來不久，雖然也修過李鑄晉所授的「現代藝術」，但於中西之交匯、古今之變通，尚有未詣。張先生卻能從馬諦斯的所謂「野獸派」旁敲側擊，舉一反三，說到杜甫的「轉益多師」，韓愈的「陳言務去」，甚至高敢的後期敷彩，中世紀教堂玻璃窗花的勾勒，波斯的織錦，清真寺的圖案，日本畫的簡減；令我頓悟，原來文評藝論竟可如此地左右逢源，不拘一格。

另一印象，便是張先生口才無礙，但語調卻舒緩有度，並不咄咄逼人。更令我感覺親切的，是他的南京口音。我生在石頭城，一直到九歲因抗戰逃難才離開，所以這種口音，既不像江北之硬，又不像吳儂之軟，聽來特別順耳。不過那印象只留在我的感性裡，直到他身後我才確定他祖籍雖是合肥，卻生於南京。更巧的是，他的小學、中學都是在南京讀的，後來更入了金陵大學的政治系；我也在南京讀過中、小學，後來同樣進了金大，讀的是外文系。

文星雅集，雖然有幸得聆高論，可惜後來同在臺北，卻少見面。直到一九六四年，我有機會獲得富爾布萊特基金會的邀請去美國教書，才再度與張先生續緣。當時教育部的慣例是：出國「講學」，職級必須在副教授以上。我在師大只是區區講師，在臺大、政大、淡江、東海兼課雖有副教授的名義，並不能改變專任的本職。於是公文旅行卡在教育部的卷宗。不料時任該部國際文教處長的隆延先生，竟肯為我力爭，強調此人非一般講師可及，何妨破例放行。就這麼，我終於去了美國，「講學」兩年。

張先生扶掖晚輩不遺餘力，這只是一個小例。他比我年長近二十歲，對早期文藝現代化運動中努力創作而屢受挫折的青年作家與藝術家，不論口頭或筆下，原則上一律表揚、肯定。慷慨說項的回聲，斷斷續續傳到我們耳裡，鼓舞很大。當時一些「先知先覺」，起初各自為營，漸漸覺得應該相濡以沫，聚零為整。建築家王大閎終於號召了一小撮人，包括楊英風、許常惠、劉國松和我，準備聯手來促進這運動。同時，因為我們儘管殊途同歸，畢竟代表了個別的創作方式，王大閎又為這雅集取了一個名稱：Chimera。詞出希臘神話，指的是一匹吐火的怪獸：其首如獅，其身如羊，其尾如蛇；中文也可稱「四不像」，非常自嘲。可惜我們太高蹈了，並無任何革命行動。倒是隆延先生，除了清談，無論是主持藝校或國際文教處，是贊助《文星》或發表藝評，都不失為一代導師，可與俞大綱相提並論。

一九六七年迄一九七一年，隆延先生奉派去巴黎，擔任駐聯合國教科文組織的副常任代表。加上我自己也屢次來往於美國與臺灣之間，我們互不謀面長達四分之一世紀。直到一九九〇年我家長女珊珊在紐約結婚，隆延先生光臨喜宴，並應邀致詞祝福新人，我們才得一夕歡聚。那一次致詞的還有夏志清先生，他比張先生年輕十二歲，不算元老卻十分頑童，在臺上意識亂流了一番，意猶未盡，卻被於梨華勸下臺來。

又過了九年，劉國松的畫冊配上我的題畫詩六首，由臺中現代畫廊出版，張先生為《詩情畫意集》寫序，仍一本多年前勉勵後進的熱情，多為溢美之詞，竟謂「余劉兩位的作品，都是釀花成蜜，涵容萬象！」令我們既感且愧，只能加倍創作，俾可不負厚愛。

杜甫〈戲為六絕句〉所言「不薄今人愛古人」，正是張先生變通古今的賞析宏觀。其實凡是通權達變、通脫不拘的高人，評鑑眾藝，不但能察其異，更應能悟其同。雪萊在〈詩辯〉一文中說得好：「想像所行者乃綜合之道；理性重萬物之異，想像重萬物之同。」想像力不但為創作所必備，抑且為評論所應有，否則論者怎麼能盡窺作者的虛實。其實此理不但於「萬物」之大是如此，據以觀「眾藝」之妙又何獨不然。文學、音樂、繪畫、雕塑、建築、舞蹈、戲劇之為眾藝，從美學的觀點看來，莫非一魂而出入多體，技巧儘管各殊，妙諦卻無隔閡。此理我近年常用來演講，題目有時是〈美感之互通〉，有時則是〈藝術經驗之轉化〉。

隆延先生博而能精，非一行之專家，乃眾藝之通人，所以當年由他來主持國立藝校，真是適才適任。當年如設文化部，他也應在首選之列。他最專精的一門藝術，應該是書法，也就是他認為應該改稱的，書道。所以他一再強調：「書道創作裡，不但有畫，有建築，有音樂，有舞踊……而且也就是畫，是建築，是音樂，是舞踊……何所『有』？有其『美』。何以『是』？其『美』是！」對於書道，張先生不但深究其美學，抑且細析其技巧，更循流溯源，宏觀其發展；這方面他述而且作，出力最多。早在當年，他已率先指出，中國的書道領先西方的抽象藝術，本質上正是所謂的「無定象」、「非物象」。

書道之外，張先生於繪畫領悟亦深，中西的藝術史自能宏觀比照，看出不少道理來。一九五九年他在《文星》上連載了十二篇〈藝術欣賞〉，頗能追本溯源，融貫中西，而且擅用感性的美文來發揮知性的理念，並穿插生動的實例來印證，令人讀來不勝神往。〈得意而忘言〉一篇便有這麼一段：「屠夫觀吳道子畫舖而放刀改業。波士頓交響樂團演奏德不玉洗的聲詩〈海〉（Claude Debussy: *La Mer*）第二章，閣樓座上有女賓暈眩。都是藝術史裡有趣的故事。一則是宗教畫經道子的妙筆發揮了『善』的德；一則是樂團演奏藝高傳達了印象派領袖創作的『美』。」

張先生的〈藝術欣賞〉於「形」、「意」之辨著墨最多，例證亦頻。他引證蘇軾七古〈王維吳道子畫〉來說明，吳道子雖然「筆所未到氣已吞」，卻仍近於畫工；反之，王維的畫藝「得之於象外」，才更為高明。他強調中國繪畫的源流應以自身的理念與語言來詮釋，不可一味求便，套用西方流行的術語。他說：「強牽輓近的新詞，打扮為古代衣冠，不特徒勞，實滋謬解。不可妄說『某主義』！」所以他論及柯科希卡、克雷、孟克、馬諦斯、艾爾・格瑞科等畫家，指出西方雖然用「表現主義」來概括，其實用中國傳統所謂的「寫意」，當更簡明易解。也因此他肯定蘇軾的高見，將「寫意」置於「形似」之上；不過同時他並不武斷否定一切的「形似」，仍然認為「形似」若能「傳神」，當然比徒具「形似」高明。也因此他指出，梁楷的《太白行吟》、石恪的《二祖調心》當然是高明的寫意；可是另一方面，顧閎中的《韓熙載夜宴圖》、張擇端的《清明上河圖》等史實故事畫，儘管偏於形似，但研究史實制度的人可據以參證，自必倍加珍保。

除此之外，張先生分別論析戈耶、塞尚、馬諦斯、亨利・摩爾等西方大師，也常引用中國哲理來詮釋，更顯得通情達理。例如論及雕塑大師摩爾的作品每好鑿洞，他說：「猶之庖丁解牛但『以神遇』！鑿空造『無』，以相反相成之道，當其『無』，有『實』之用！」

對於音樂，張先生也別有會心，〈說德不玉洗的「流雲」和「令節」〉一文最是佳例。他在解釋德不玉洗何以歸入魏蘭的印象派之餘，更把李商隱來比擬，還說：「『流雲』、『令節』與『水仙吟』三章樂詩，合名曰夜曲（Trois Nocturnes），『水仙吟』最為幽美。全樂用八位女高音吟乎空青，了無詞句，乍近漸杳……假如必得用中國文字傳說，湘靈怨瑟，差可比擬，錢起的『曲中人不見，江上數峰青』，或許借做假況。」到了文末，張先生又說前述三曲「既不是畫，也並非詩，所託已不可憑觸，寄興又何必拘泥？『落月滿屋梁，猶疑照顏色』，少陵看見太白，各因所思，各得其是，藝術之妙，詣在感興非徒娛耳目，實在養性靈」。

淵博的學者寫文章，有文采的並不常見，但是隆延先生的筆下，無論是白話或文言，都文采可觀，不但有才氣、奇氣，還富於想像與諧趣。〈花之事又一章〉是一篇白話小品文，儘管多引古詩詠花的名句，其基調仍是白話的節奏，行文倜儻多恣，比起民初的名家如徐志摩、朱自清、郁達夫等，毫無遜色。可惜此道張先生似乎不太在意，所以作品很少。另一方面，他的文言文卻寫得典雅而又不拘，時見創意，令人想起錢鍾書。這種中西交融的風格，出入於駢散之間，游刃有餘。例如〈丘丙良畫展序〉之句：「丙良體物察微，渾然與之化。暇輒寫：游鱗樂水，飛羽戾天；芳菲冶春，琅玕鳴雨；莫不表白盡致，筆簡神全！時而微醺興會：馮墨瀋之腴枯，辨景光之榮謝。縮地咫尺，齊魯連青。匯流百川，西東貫一。或渟回以悅性，或岌嶪以凌雲；鄞鄂蟠胸，運揮如意！」又例如〈胡念祖畫展序〉亦多駢行：「興至操觚，寫意固見其揮染活潑；心存惜墨，工致乃不容增減分毫。松生堂上，韻遠風清；壑在牆頭，泉懸幛濕。作千山積雪，觀眾值盛夏猶覺寒；著一抹微雲，塵世有煩囂亦澌滅。」

隆延先生亦有詩才，卻似乎無意開拓，偶有興會，竟口號而成。例如這首〈自Dublin乘飛翔機赴London雲中口號〉：

不復見雕背　浮塵清九垓
耳從雲海洗　人向日邊來
大氣橫秋色　高風激壯懷
何當生羽翼　天宇任徘徊

頗具唐人豪興，雖襲名家句法，卻也一氣呵成，而「耳從雲海洗」虛實雙關，極有創意，「人向日邊來」也瀟灑自得，不失奇趣。〈拔齲齒示柏林某秘書〉：

狗竇初開喜疾除
逢人掩鼻但胡盧
飛而食肉知無分
三十清狂稱老夫

頗有韓愈化醜為美的自嘲諧趣，尤其「狗竇初開」是套「情竇初開」而來，更化俗為雅。「胡盧」表面是狀其支吾含混，但也有「葫蘆」裡賣什麼膏藥的雙關。足見隆老不失赤子之心，十分可愛。其實他很愛寓諧於莊，像錢鍾書一樣，喜歡把專有的人名地名音譯成中文，博讀者一粲。西方的人名要音譯成中文，往往對不準音，例如Gorky譯「高爾基」，基和ky畢竟差了許多。張先生想必深以為憾，所以為了逼近原音，竟然把Debussy譯成「德不玉洗」，把Rouault譯為「胡臥」，把Henri Matisse的名譯成「昂赫毅」，又把Degas譯成「德格阿」，都很有個性，令人想起錢鍾書戲譯的「愛利惡德」（T. S. Eliot）、「來屋拜地」（Leopardi）。〈傳中書畫序〉末所註「十之張隆延時年九十寄身窟應寺」，其中窟應寺令我困惑久之，因為從未聽說紐約的十丈紅塵裡居然有一怪廟。後來才悟出：那不就是Queens嗎？不過Michelangelo的大名張先生譯成「米昔郎幾羅」，卻有欠妥：因為那是法文的發音，米翁乃義大利人，ch該讀k，所以一般的定譯是「米開朗基羅」。Debussy譯「德不玉洗」是應該的，因為他是法國人。

隆延先生字十之，出自「人一能之己十之」，當是自謙之詞。他學貫中西，藝通古今，絕非下士，也絕非十之而能。他從書道出發，兼容並包，能通眾藝。我倒認為這樣的達人，這樣文藝復興的達人（Renaissancce Man），不應取「十之」為字，應該改「十之」為「一之」，因為他不但一學就悟，而且充分體現了「吾道一以貫之」的壯語。

——二〇一一年五月

眼到，手到，心到，神到

九年前我寫過一篇散文，叫做〈誰能叫世界停止三秒？〉其中有這麼一段：「攝影，是一門藝術嗎？當然是的。不過這門藝術，是神做一半，人做一半。對莫內來說，光，就是神。濛鴻之初，神曰，天應有光，光乃生。斷霞橫空，月影在水，哲人冥思，佳人回眸，都是已有之景，已然之情，也就是說神已做了一半，但是要捕永恆於剎那，擒光影於恰好，還有待把握相機的高手。當奇蹟發生，你得在場，你的追光寶盒得在手邊，一掏便出，像西部神槍手那樣。」

如此的說法，九年後似乎未全到位了。攝影，早已不是半被動的技術，而且對生命的詮釋也不能草草歸類，名之為寫實主義了。角度或布局雖不容你更改，光影卻可以加濃或減淡，色彩也可以再加以調配，而作品完成後應如何題名，在虛實之間也大有選擇的餘地。例如《艾菲爾鐵塔》還是客觀寫實，而《頂天立地》、《鋼鐵的靈魂》、《天所入雲》，便是主觀的冥想了。攝影，可以是純然的紀錄，也可以是匠心的經營。寫景，是形而下。造境，便是形而上了。

西方諺語有Man proposes, God disposes之說，相當於中文「謀事在人，成事在天」。但是攝影之為藝術，卻是神眨了眨眼，給了人一個暗示，事情能不能成，還得看人有沒有動心，繼以動手。如果還是熟手、高手，就能成功了。

柯錫杰先生是我多年的好友，這一次應高雄市美術館之邀，南下來開攝影展，除了早年的經典代表作，讓我們有幸能飽覽他一生藝術的成長與成就，真為南部的觀眾高興。

柯錫杰不但技巧高超，而且創意高明，早期作品已成熟可觀，最具代表性之作當推《等待維納斯》。此圖動用藍、白、紅遞減之三色，藍色占全幅四分之三，上半為天藍，下半為更深邃的海藍。白粉牆垂直矗於圖右，午日曬得正烈。白牆上嵌著雙扉緊掩的棗紅色長窗。三色對照十分強烈，呼應之功有如室內樂之三重奏。不過此圖之勝不限於色調的感性，因為題目《等待維納斯》一下子就將它提高到神話的意境。凡是略知西方繪畫的人，一見這題目，自然就會聯想到文藝復興時代波提且利的經典名作《維納斯之誕生》，心目中的亮麗畫面立刻呈現愛神婀娜的立姿，所乘貝殼正由一陣香暖的西風吹來岸旁。題目《等待維納斯》只是預言海潮分處奇蹟即將出現，所以地中海上層疊的浪潮此刻仍深孕著深邃的神祕，不見中分。

《極》、《金海》、《白沙丘》、《樹與牆》、《雲的對話》等圖，也都是早期風格的名作。例如《金海》一圖，旭陽映照在早潮上，滿海灣耀捲著金黃，潮水未及之處則陷於純然的黑影，但海水背日的一側，仍曳著木刻一般的黑線。此刻，三五漁人正在小船旁邊，襯著亮金的人影尤具對比之美。《白沙丘》一幅，廣闊的天空張著抒情的柔藍，下面只留下六分之一的「餘地」給微微斜起的白沙，還嫌對比不夠，更在這一條白上放進一張，說不出究竟是野餐桌還是木屋頂黑灰鄉間的物體，多耐看啊。《樹與牆》的對比組合十分崇人。左邊的繁花之樹，呈不規則的鈍三角形；緊貼著的右邊則是一面頗有滄桑的側牆，屋頂也呈鈍三角形。圖的上方則是深不可測的鈷藍天色，像是夜色，卻又未必，因為蒼白的堊牆還迎著光，而一樹的繁花也未失色。《雲的對話》也是匠心別運的傑作。在構圖技巧上，仍採用對比的美學。一條地平線割開愈高愈深的藍天與潔白的沙地。這原始的天地之間還有兩組對比：便是沙上的幾叢灌木，細枝窄葉，線條柔媚，加上遠空的白雲飄逸，如曳輕紗。更豐富的對比是期間還有一搦女體的背影，婀娜之中有剛健，那背影，頸後垂直著長髮，腰下飄著細紗黑裙。最福至心靈的一招，是她平伸雙臂，右手幾乎要觸及白雲，乃使觀眾頓生幻覺，似乎那一匹白絹是她隨手撒出去的。這一切形體當時自然都在現場，但攝影家若未及時選對恰好的角度，奇蹟仍然不可能留下。

《雲的對話》雖然拍了人體，但並非以人體為主題。柯錫杰拍人體相，前後已有五十多年，但觀眾注目的焦點一直在他饒有創意的造境。二〇一一年，他為了追求人體與大自然對照的美學，遠赴澳洲去拍新作，因此人體美學也成了他攝影藝術的要目。當然，玉體橫陳，搔首弄姿，未必能成美學之正果。裸體之美，從古希臘的大理石雕一直到現代的畢卡索、馬諦斯、莫地里安尼、伊岡‧席勒，在西方藝術的傳統裡早成要項。連文藝復興時代的流行宗教畫，所謂《聖母與聖嬰》，都常見聖母甚至袒胸受乳。但中國的美學傳統接受儒家「非禮勿視」的戒條，對裸體作品仍不能坦然以對。道家的放浪形骸，於男性，尤其是隱士之流，似乎網開一面，但施於女性則不可思議。所謂雅與不雅，往往只有一線之隔，一念之差。因此柯錫杰此類新作，或會引發爭論。不過近日報載，有婦女在故宮博物館當眾授乳，受到館員勸止，結果卻博得輿論同情。可見今日臺灣的觀眾已經「開明」多了。

裸體攝影的美學，有一個待解的矛盾。如果背景在戶內，會有商業廣告的聯想。如果在林間或水畔，則對比夠了，卻又會感到不自然。禽獸在野外就很自然，而禽獸本來就裸體。超現代主義的繪畫曾將女體幻化成海市蜃樓（fata morgana），可供參考。

這次的展品，另一主題是「他鄉／故鄉」，包羅萬象，琳瑯滿目。大都會的雪景，塞外的風光，驚濤拍岸，沙塵暴起，傘市爭豔，峰巒起伏，都令人目不暇接。柯錫杰早期的《Olay！安東尼奥》拍西班牙的鬥牛場面，已呈現強烈的地方色彩。野柳的《女王頭》，臺灣的古厝，大陸的梯田，葡萄牙的《祖母瑪利亞》，貴州的《婚禮歸來》，都各具鄉土風情。有一幅視覺的奇蹟，可以稱為《蠔市》：只見千萬生蠔帶殼，堆疊成漩渦一般的韻律，令我聯想到柯可希卡的名畫《擁抱》（KoKoschka：*The Embrace*）。二〇〇一年在香港展出的《絮語》，該是雅俗共賞的傑作，拍的是備賽的三匹白馬，正載著三名輕矯的騎師在草地上遛蹄。主題在馬兒不在人，所以三騎師只拍到腰下，這樣的取框真有創見。整個畫面，騎師的紅衣和白馬相映，而馬腿的灰影和淺綠的草地又相襯成趣，騎師的白褲、黑靴更和馬體呼應，真是壯觀奪目。但是題目《絮語》卻弱了些，如果易名《並駕》或《緩轡》，當較切題。

近作之中頗多當家文藝界的名家，從郎靜山、林玉山、楊英風、許常惠到林懷民、三毛、李昂，近五十人。這些名人照也可收雅俗共賞之功。久聞其人而忽見其貌，總是令人驚喜的，其快感近於頓悟。

至於經典作品之列，則是豐富多元而難歸類，每一幅都各有千秋，經得起時間的考驗。有很多幅我都十分讚賞，但無法逐一分析。有些傑作令人一見鍾情，另一些則愈看愈好，十分耐看，並贏得知音的共識。大致說來，寫實的較淺，較討好；造境的較深，經得起一再咀嚼，歷久彌甘。柯錫杰的豐富成就，得從他最高、最深的傑作來衡量。他不僅是眼到手到的攝影家，更是心到神到的美學家、哲人。

柯錫杰、樊潔兮，珠聯璧合，一以靜取、一以動勝，連名字都暗喻呼應：「錫杰」倒讀，不就是「潔兮」麼？

——二〇一二年十一月

妙想驚鬼神

——述達利之反怪為美

二〇一三年四月在高雄市立美術館展出的「瘋狂達利」，令南部的觀眾大開眼界。展覽的題目逕以「瘋狂」為號召，其實有點誇張、誤導。達利與畢卡索、米羅並稱西班牙現代三大藝術家，他的作品變化多端，看來似乎隨心所欲，即興而成，其實匠心善運，機心深沉，絕不瘋狂。他自己就鄭重說過：「我和瘋子最大的不同就是，我沒有瘋。」

超現實主義的運動，始於兩次世界大戰之間，起點該是阿波里奈爾（一九一七）與布列東（一九二四），傳播該是從法國越洋到美國。達利正是其核心人物，不但他的作品雅俗共賞，甚至他驚世駭眾的言行，自我推銷的設計，在在都吸引觀眾，轟動媒體。對於這一切風起雲湧，他竟說，「我並不擅於謙虛。」

像畢卡索一樣，他不但長壽，而且早熟，早期的作品就已可觀了。尤其是人像畫，一出手就生動不凡，例如《頸項如拉斐爾的自畫像》，和父親、妹妹的畫像，還有好友路易・布紐爾的半身像。此外更有一些靜物，雖然可見畢卡索立體手法的啟示，卻也風格別具。

加入超現實運動之後，達利充分表現出自己的才華，成為眾所注目的焦點。一時風生水起，湧現出許多超現實健將，例如比利時的馬格瑞特（René Magritte）和德爾伏（Paul Delvaux），義大利的德・克伊利科（Giorgio de Chirico），法國的唐基（Yves Tanguy）等等。也有人把德・克伊利科稱為玄學畫派。儘管如此，這些排除理性的主宰而探索潛意識的夢境之畫家，呈現在觀眾之前的世界，是經由正、反、合作用臻於矛盾統一的演化。他們的畫面，分而觀之，所有的細節都是栩栩如生的寫實，但合而觀之，其整體結構卻荒謬反常而不可解，可是另有一種神祕莫測的美感。例如唐基的《隱形物》（*The Invisibles*）一圖，在陰沉灰濛的背景上，天地間似乎有一大群偽裝的無名生物，或是高科技製出的組件，精確而又複雜，正在發動什麼而將有所作為。這像是一場夢境，卻如此真實逼人，可以伸手把握。

又如德・克伊利科的《無限的慵困》（*Infinite Languor*）一圖，透視井然的畫面上，前景正中有一具白石的臥體，投下明暗對照的一片黑影，側面的古建築，廊柱矗立形成的拱門投下更大幅的黑影。四下荒寂無聲，唯廣場的彼端有兩人渺小，卻投下長逾身體的陰影。

更遠處，地平線上有一列火車，正曳著長長的白煙在過境。這一切細節也各為寫實，但加起來倒不是荒謬，而是古今對照得十分極端。

這種以反為正的風格，也可印證於德爾伏的《維納斯入夢》（*Venus Asleep*）。全景是高柱擎舉的宮殿，暗藍的夜空有一爪月痕，俯臨著起伏的荒山。中庭卻有好幾個人體，包括全裸仰臥的女人，全裸而舞的女人，正面走來戴著高帽穿著正式衣裙的淑女，此外還有一具直立的骨骸。同樣地，分而觀之，都認真寫實，合而觀之，卻全不可能，但另有其逼人、祟人之美。

達利最祟人的一幅油畫，該是《記憶堅持停格》（*Persistence of Memory*），背景是在海邊，枯樹枝上，方臺上，與某雌體的無名海獸上都掛著一只軟化而摺疊的巨錶，長短針所指都是將近六點鐘。遠處有荒寂的海岬。整個空間都悄然無聲，因為三個巨錶都不走了，連時間也停頓了。何以會如此？顯然近六點時發生過什麼大事，所以時間也已被點穴了，就僵在那裡。如此的軟錶意象達利一畫再畫，給觀眾的印象極深。

達利的畫既為細節寫實整體怪異之矛盾統一，其畫面視覺幾乎都是晌晴天氣，大氣澄明透徹，所以細節都一清二楚。他用佛洛伊德的以性釋夢來看生命，但是他的夢境往往既非純情的美夢，也非濫感可憎的惡夢，而是細節大有可觀全景又耐人尋味的心靈探險（psychic adventure）。例如《怪物的發明》的全景是一片可疑的沙漠，其中細節可分為四組。最奪目的一組是正中的一個方洞，浮在洞口的一只大木櫃上，供著一具馬頭女胸的雕塑，其旁有一位戴著面具的天使，伸出右臂，仰望著她。左下端在一張長方桌後，坐著一對男女，像是夫妻，緊貼著臉頰，像是共同注視著一個跳舞的小玩具。他們的左側還坐著一個披著棕色長髮的女子，其臉頗闊，像是由兩個半臉合成，獨自入神地在玩幾件不可名狀的玩具。左上端則是一群半人半獸的異物，都恍惚像是圖中央的馬頭女體。照說希臘神話在野外常有人身馬體合成的淫妖，叫做centaur，其上身皆為毛茸茸的壯漢，卻大異於達利筆下的女身。最奇特也最壯麗的，是右上方遠處的一匹長頸鹿，不知怎的，長鬣和斜背正著了火，燒得壯烈極了。更遠處，天邊的幾片雲也發生了火災，似與這長頸火鹿互相呼應。

達利的油畫之中，還有一些是虛實相生真幻互應。例如《消失的影像》一幅，畫一女子似在孕中，正站在布帷下，嬰兒床前，風格近於荷蘭風土畫家魏梅爾。如果你再仔細尋索，又會恍然悟出，那畫面也可看成是一老者右側的臉頰：女子的頭原來是眼睛，上身是鼻梁，手臂是翳鬚，隆腹是白髯。西洋畫中偶見海市蜃樓的幻影，謂之fata morgana，我把它譯成「法大魔敢納」，意為法力之大凡魔術皆敢包納。例如《女神的誕生》，背景是一片荒山，前景是一座神山，難道是奧林帕斯山嗎？而像一座玻璃罩一般罩住神山的，造神運動尚未完成，不就是誕生中的女神嗎？這也是一種「法大魔敢納」吧。

同樣以歷史、神話、宗教、傳說入畫，其風格應可分高下或深淺。例如張大千臨古人的名畫，技高可以亂真，但畢竟只是抄襲，尚非獨創。真正的大家將古人畫意推陳出新，當為有來歷的重創，不得與抄襲混為一談。大衛（Jacques-Louis David，1748-1825）以歷史為主題的名作，例如《沙賓女人之被姦》及《李昂尼達斯死守塞厤皮利關》，只能視為歷史的插圖。藝術大師處理前人的名畫當能翻古為今，點司空見慣為驚喜的新奇。例如拉斐爾的《聖喬治屠龍圖》，到了德拉庫瓦同名的畫中，天使、駿馬、妖龍的方位、神情及色調等等都有巧妙的重組，風格截然不同。米開朗基羅的雕作《聖慟像》，到了梵谷的同名畫中也有重組。達利的油畫《聖慟圖》也有重大的變化。達利處理耶穌的幾幅油畫，例如《卡拉瞻仰十字架上之耶穌》、《卡拉之基督》、《上十字架的聖約翰》及《最後的晚餐》，採取的角度，有的仰角頗大，有的俯角近九十度，有的把耶穌與十二使徒放在海邊的落地窗內，軒敞而又明亮，窗外更有上帝張臂庇佑著他們。這些畫面很自然地令觀眾想起無數的耶穌釘十字架作品，更不可逃避達芬奇的傑作《最後的晚餐》。我們會覺得：達利處理這些主題有如作家在作品中驅遣典故。不錯，達利不但擅於利用傳統，而且能活用典故，使觀眾在舊路上不時見到新風景，乃有層層累積而生的驚喜。

畢卡索也是這樣。藝術史家說他無畫無來歷，簡直是一大「神偷」。畢卡索一九五一年的《韓戰大屠殺》（*The Korea Massacre*）用戈耶行刑隊槍決囚犯的畫面（《一八〇八年五月三日》）來詮釋韓戰，乃用典之高招。他又把德拉庫瓦的名作《阿爾吉利亞婦人》巧加變奏，不但畫面較近正方，原有的四個女人中刪去了那黑婦，而且餘下的三個女人由原來的坐姿改為二站一臥；同時，原畫的亮麗色彩與浪漫氣氛更改為立體主義技法（Cubist）的武斷構圖，線條和體積都幾何化了。另一特點，是原畫背景的兩扇窗扉不見了，代之以一幅裸女的裝框畫圖。德拉庫瓦的名作變成了依稀可認的典故。

欣賞達利的天才，不能錯過他豐富的雕塑。達利之為雕刻家，論壯麗不如米開朗基羅，論磅礴不如羅丹，論苦澀不如賈柯梅蒂，論圓融又不如亨利・摩爾，可是他三度空間的作品，天真可愛，洋溢著童話的稚趣，至其深處，又能夠探到佛洛伊德的根柢。就童話的稚趣而言，達利又令我想起王爾德。

達利晚年由繪畫轉入雕塑，是將他二度空間的構圖放大成三度空間的立體，因而也改變了觀眾欣賞他作品的方式。以前觀畫，是單向的直觀，但欣賞他的雕品，就必須繞行一周，才能從不同的角度飽覽全貌。他的雕品幾乎全是銅雕，於是他的軟拗巨錶就擺脫平面，以立體之姿掛到槎枒的樹枝上來了。《記憶堅持停格》、《時間之舞》、《時間之側面》等作都屬此類。一九三七年達利早就畫了一幅雙像圖，把湖中的天鵝倒影成大象，天鵝的長頸反過來成了象鼻，而其雙翼反過來也就是象的大耳，似在象徵凡事物都可由正反兩面合成。三十年後達利將此意用雕塑表現，並把它放在鏡面之上，虛實相生，令人驚喜：其作用正如文字之一語雙關。

《蝸牛與天使》是一則玄學難題，化為可感的極端矛盾。匍匐緩移的蝸牛竟長出翅膀，更由擅飛的天使來驅策，不禁令我們想到「急驚風遇上慢郎中」。人生就是如此嗎？佛洛伊德看了，會拈花微笑嗎？

《長頸鹿維納斯》最動人的遐想，是不成比例的體態：女神的長頸把頭部高舉到空中，是有所尋找或期待嗎？此舉將傳統豐滿而窈窕的愛神靈化成玄思的苦澀，創意十足。她的腹部生出一個長抽屜，更象徵達利經常暗示的祕密欲望，而用枴杖撐著，又似乎是在暗示祕密有多沉重吧。

《聖喬治屠龍》乃歐洲許多城市都供的雕品，主題無非是英雄救美，聖徒除妖。達利所塑，一望便知是師法拉斐爾同題的名畫，聖喬治執予斜刺妖龍的姿勢正是拉斐爾畫中所見；唯一不同的，是妖龍翅膀上揚成頗為壯觀的火焰，而且正被聖喬治的坐騎兩條前腿夾緊。藝評家卻說這姿勢暗藏達利對卡拉的情欲。這說法簡直破壞了主題強調的善惡對立，善力終必會鎮服惡勢。

《佩蝶的戈黛娃夫人》是十分可愛又可觀的雕品，主題盛傳民間，說克文崔的伯爵課稅太重，伯爵夫人戈黛娃為民請命。伯爵答應減稅，條件是戈黛娃必須赤身騎馬巡行街道。戈黛娃果然裸騎上街，市民懷恩，盡皆關窗守住戶內。伯爵終於減稅，此事遂傳為美談。達利所塑，美人俊馬，尺寸悉如真人，戈黛娃曳著修髮，吹著銅號，髮上、號上、膝上與馬腿上都各停一隻蝴蝶。人體與馬身都閃著巧克力一般的光澤，十分暖眼；人髮、馬鬃、馬尾都略帶金色。整件雕品簡直可口可餐，可以撫玩。

《亞當與夏娃》將人類第一對童貞男女分立於雕臺兩端，中間還立著一條蛇，盤成心形，蛇舌吐信，向著亞當。夏娃已經握蘋果於掌中，並向亞當伸來。亞當則左手下垂，右手舉起，為狀又愛又怕，欲迎還拒。真是一座傑作，其佛洛伊德的性欲動機很自然令人想起，當時達利迷戀卡拉，對方不但是有夫，還比達利年長九歲，況且又身處天主教的社會。因此作者潛意識深處正苦於罪惡感的折磨。

《太空象》雕於一九八〇年，乃本於一九四六年的油畫《聖安東尼之誘惑》。象腿之長四倍於現實，象背還馱著又長又重的方尖碑，象徵人世名利財貌的諸般負荷。喬治・盧卡斯電影《星際大戰》裡戰場上出現的象軍，載重突陣，岌岌可危，我懷疑很可能是本於達利的奇想。

《獨角獸》在西方神話中是一尊神祕的異物，據說其獨角有毒，可以化解一切劇毒，又說此異物代表貞操與純潔。牠原來長得如四不像，後來又代表馬的典範或男性的雄風。達利的雕品卻是一匹青黑色的雄駿，額上的獨角比馬腿還長，挺直像一柄金杵，正刺透一面磚牆，造成一心型的裂洞。獨角尖上正滴下精液，心型洞口也淌下了一串血。無可置疑，整件雕品用的是神話的典故，正暗示甚至明示著交歡。

《陰與陽》是一件玄想有得的青銅雕品，所本也是早年的平面繪畫《風中之謎》，造型是一對腰果，一仰一俯，以內彎的一邊緊緊相扣，暗示世間萬物都正反相生。仰起的弧角上尚有一只極小腰果，而另一弧角下又有比例更小的兩個人體，一大一小，像是母親對小孩指點這陰陽之道。不成比例，也正是達利慣使的驚喜特技。

達利的藝術往往驚世駭俗，令社會不安，但是有時候也會嫵媚大眾，甚至配合日常生活的需要。他是一位能屈能伸的天才，深處能探玄學或超現實主義的三昧，淺處也能戲弄大眾，不時令觀眾驚喜交加。最有名的例子是用二、三〇年代女星梅・惠絲（Mae West）的唇型來設計的豔紅沙發，使人見了，已經想入非非，更別說坐了。另一設計是S型的雙人座沙發，也是整體緋緋撩人，椅背的雙弧兩端都下垂成纖手。不用說，這當然是為他鍾愛的卡拉做的。依此延伸，又設計了曲線流暢無阻而四腿變成高跟鞋的單人扶手椅，叫做Leda Armchair。還有Leda Low Table，桌面由一手一腳蜿蜒撐住。諸如此類，不一而足。

這麼一位雅俗共賞，風格不拘，能夠點夢成真，化日常為夢幻的天才，雖然未必能凌駕畢卡索，但是與畢老、米羅鼎足而列於西班牙的三大，卻是舉世公認的了。

——二〇一三年四月

參透水石

三月底陳芳明陪我夫妻去北美館參觀林惺嶽的回顧畫展，惺嶽以展主的身分也一路陪伴。酣賞之餘，我對畫家笑語：「你的畫風不是魔幻寫實，而是倒過來，寫實魔幻」。惺嶽欣然稱善。

我說這一句話，並非玩弄文字遊戲，而是因為他少年的畫風本質上屬超現實主義，對現實雖然偶有影射，卻介入不深，而畫面的感覺偏向唯美，色調也較單調而陰冷。中年以後他開始另謀出路，不是去追逐社會的現實，而是去親近自然，投懷造化，尤其是臺灣的山水，說得更精確些，臺灣溪谷的水與石。這一回頭，他投入了，不是日常的生活，而是天長地久的生命，臺灣神奇的地質壽命。中國古代畫家處理岩石，久已發展出一套套的皴法，這一套對惺嶽全無功用。他又回到了西方油畫的透視和明暗烘托，毋寧從寫實的基本功做起，當然令一般觀眾欣然接受。可是他畫中之石並非國畫大小斧劈成或披麻皴的絕壁或來龍去脈，而是在溪谷澗床交相疊倚的犖犖磐石、磊磊卵石。

這許多大小石頭，從盤古的造山運動以來，歷經風霜雨露，只有地質學家才知道其底細，而與其共承天地之化育，同享日月之精華者，則是山洪帶來的水，否則這些山子山孫、石兄石弟就未免太單調、太寂寞了。惺嶽畫中之石，或大或小，或近或遠，或明或暗，都自在得井然有序。尤其是主領前景的巨塊，色澤鮮豔，紋路與肌理縱橫可觀，不會是純寫實吧，在疑真疑幻之間，又似乎和女媧煉五色石有關。如此一來，石出盤古，又育於女媧，怪不得惺嶽畫中的水石互補，總予觀者神話的啟示，非泛泛寫實之輩所能為功。那種色澤與光輝，令我想到華滋華斯的詩句：The light that never was, on sea or land,／The consecration, and the Poet's dream.

這就回到我對惺嶽所謂的「寫實魔幻」了。他在畫冊的自述〈藝術與自然〉中，說明他為水石「寫生」的程序：第一階段是去戶外採景，用相機和速寫簿就各種角度和不同時辰所見去捕捉可以入畫的景物；第二階段則回到戶內，把拍攝及速寫所得自運匠心加以刪選，重組成主觀創意的畫面。依此程序完成的風景，其前景、中景、遠景，可以取自不同的時空。他更以戲劇為喻，說取景是選演員，布景是選舞臺，而將水石坡谷逐一呈現則是編排劇情。依此看來，第一階段的努力乃屬於「寫實」，第二階段的安排就轉而「造境」了。有了寫實的功夫，造境才有所本；終於達到造境，寫實才有所發揮。所以惺嶽的水石世界既有寫實之逼真，又有造境之入神，乃能引領觀者出入虛實，得大自由。

這種虛實互濟，情景交融之道，也不妨用詩來印證。梅聖俞說：詩應該「狀難寫之景如在目前，含不盡之意見於言外」。前一句說的正是景，後一句說的正是意。景要訴之直覺，意是訴之暗示，裡應外合，始得立體。杜甫的〈房兵曹胡馬〉一詩：

胡馬大宛名
鋒稜瘦骨成
竹批雙耳峻
風入四蹄輕
所向無空闊
真堪託死生
驍騰有如此
萬里可橫行

中間四句形成兩聯，前一聯上承「鋒稜瘦骨」，乃以雙耳批竹狀其峻，再以四蹄入風狀其輕。但是到後一聯，不宜再寫實了，就出之以造境。又如杜甫的〈望嶽〉一首：

岱宗夫如何
齊魯青未了
造化鍾神秀
陰陽割昏曉
盪胸生曾雲
決眥入歸鳥
會當凌絕頂
一覽眾山小

這首詩用來比照繪畫的空間轉進，再生動不過。開篇兩句狀泰山之博大與連綿，不但空間上氣吞齊魯，而且色感上青蔥不斷，簡直就是單色的抽象畫（abstraction in monochrome）。後面的四句空間感依次收縮，十分微妙：造化把神秀集中於此山；陰陽用山脊來分日夜；雲海波盪乃變化不定的大外空間，卻因蒙太奇技法疊合於小內空間的吸氣填膺，可謂天人合一；歸鳥越飛越小，看得人眼眶瘦麻，空間感縮到至小，成一焦點。末兩句又向上縮成絕頂，但俯眺卻小了齊魯而大了世界。杜甫沒有讀過西方藝術史，卻能以直覺的靈感參透其奧妙。

惺嶽在畫序中告訴我們，說他畫中的水石都是他躬親發現的真相。我相信他真的目睹過那些七彩繽紛的奇石，關鍵在於：到了驚豔觀眾的面前，其枕流相倚的布局，和幽深的溪谷，倒映的雲天，已經畫家苦心經營，變成另一世界了。那些奇石不是庭園設計的假山，講究什麼瘦透漏醜，也非玩石行家標榜的什麼昂貴名石，像某某名人或某某禽獸，更非義大利進口的卡拉拉大理石，而是與天地同壽受清水浸潤的無名野石。

中國古詩有所謂「詠物詩」，前引杜甫的兩首詩，不論所詠之「物」是馬是山，原則上都是詠物詩。詠物詩的高妙全在於既要直狀其物，務求生動，又要曲傳其意，有所寄託，而一陽一陰還要巧加呼應，才能虛實兼顧，成其立體。林惺嶽的水石畫正是畫中的詠物詩，觀者既驚喜於其物之逼真，又覺得其中一定還有所寓意，等他去追索，去參禪解謎。其實參不透解不開也不妨。陶潛不就認了嗎：「此中有真意，欲辨已忘言」。

林惺嶽的畫作相當豐富，而早期和後期的風格判然有別，不過其發展頗有重疊。早期的超現實唯美畫風，不絕如縷，一直延續到二〇〇七年的「寂靜的穹蒼」。而後期開朗的水石壯觀，早在一九八六年的「濁水溪」就發軔了。後期甚至晚到二〇〇九年，還有「教堂」這麼神祕而美的三連圖（triptych），未可小覷。但是大體上說來，中年以後的水石壯觀才是他全盛的高潮。

在此高潮期，他畫了近二十幅水石偕美的傑作，篇幅越來越宏大，而且突破了黃金律比例的長方。像一九八八年的《濁水溪》（218x291cm），橫向迤邐的全景（panorama）呈現急湍起伏，在溪谷的磐石間騰跳而下，已為十年後（一九九八）的傑作《歸鄉》預埋伏筆。但兩畫的動力美學（dynamic aesthetics）卻形成生動的對照：《濁水溪》奔流的是單向的沖下，「歸鄉」的急湍一路沖下來，但成群的鮭魚卻逆流而躍，不顧一切，簡直成了末路的英雄，歸路是唯一的出路，唉，入路。另一壯闊的力作是二〇一一年同一主題的《魚貫而進》與《國寶魚巡禮》：前者篇幅為210x420cm，後者更加長為160x1260cm。這「數大為美」的美學，是從水石相生的主題發展而來，可以說是對瀕臨絕種的櫻花鉤吻鮭的頌歌。這些才是「我愛臺灣」不落言詮的奉獻，非徒呼口號所能及。

進入二十一世紀之後，林惺嶽新作不是僅僅懷念舊日的農村，像《天佑花蓮》那巨幅所繪，更見落實於水果系列，因為歌頌木瓜、芒果、蓮霧、香蕉，就是對臺灣土地生命的感恩。畫展入口所懸的「愛文種芒果豐收季」令我大為感動。在濃密樹蔭的背景上，成串的芒果，飽滿而又鮮活，預告著豐收，保證著甜蜜，從多胞胎的芒果樹上，垂垂掛下。每一胎芒果，迎日的上部已經紅潤得十分興奮，半下部則仍然發育，有待成熟。這幅果園頌博大而熱烈，篇幅大到218x334cm，真是耐看。

《國色天香》和《先知的盛宴》兩幅巨製，都有禽鳥飛來飽餐木瓜，前一幅的饕餮客，兩隻尾長於身的神氣藍鵲，正把肥沃的木瓜啄破，準備大嚼一頓。如此的豐收，如此的饞相，引發多少諧趣，真令人會心微笑，滿懷喜悅。

愷嶽的水彩畫，雖然難比他的油畫那麼厚實凝鍊，卻別具抒情瀟灑之美。以鳳凰木、紅葉林、初夏樹林為主題的幾幅，都富於詩意。《獨姿》一幅，樹幹在近根之處就勃發出矯矯如虯的巨柯，一樹充沛的元氣真是壯觀。

——二〇一三年六月

野心與良心

——從《馬克白》到《馬克白後傳》

莎士比亞一生寫過三十七本戲劇，其中有十一本悲劇，分量應該不下於貝多芬的九大交響曲，但在當代演出的頻率，恐怕還高於貝翁之作。而就此十一本悲劇而言，歷經公認為傑作者，有《哈姆雷特》、《奧賽羅》、《馬克白》、《李爾王》四種。其中前二者取材於歐陸的故事，後二者取材於英國本土，尤以《何林塞編年史》為主。

《馬克白》是莎翁後期之作，寫於一六〇六年，成書則在他身後，出現於一六二三年對開版的全集。在伊麗莎白時期，劇本多為演出而編，不但校對草率，就連作者屬誰也欠明確。此劇後經莎翁同時作家米多敦（Thomas Middleton）潤色，而在演出時更加入歌舞之類以討好觀眾，甚至一說是取悅君王詹姆斯一世（James I，亦即蘇格蘭James IV）。

莎翁名高，作品又富，後世作家攀附自多，改編原著者源源不絕。例如《哈姆雷特》

一劇，有兩個配角Rosencrantz and Guildenstern，原為王子同學，甘願賣友求榮，竟承新王之命密監王子；這麼一個小插曲就有人據以編出一齣新戲。

《馬克白後傳》（*Dunsinane*）就是從《馬克白》一劇轉化出來的新戲，改編者是葛瑞格（David Greig），二〇一三年八月的新版。為了明瞭葛瑞格的《馬克白後傳》，讓我們溫習一下莎翁《馬克白》原劇的情節：「古蘇格蘭王鄧肯的朝代，有兩位大將馬克白與班珂（Banquo），平定了有挪威軍隊勾結的本國叛軍，班師回朝（Dun-Sinane）途經荒野，遇見三個妖婆，預言格拉密斯伯爵馬克白即將接任考道伯爵，未來更將成為國君。又預言班珂雖非國君，未來卻會生出無數君王。馬克白聞言心動，將此事告訴妻子。馬克白夫人野心更大，不斷催迫丈夫密謀弒君。正值鄧肯獎勵馬克白，在侍從簇擁之下臨幸馬府，當晚竟遭馬克白刺殺。馬夫人將鄧肯的血抹在侍從的臉上以便嫁罪。

「鄧肯國王的兩個王子，瑪爾孔與唐拿班逃亡出境。馬克白又遣人殺害大將班珂，以絕妖婆預言班珂後人繼承王位之途，但班珂之子佛良斯（Fleande，亦即英王詹姆斯一世之先祖）亦逃脫。馬克白為班珂之冤魂所祟，舉止可疑，朝臣漸漸散去。新后良心不安，時時洗手，自覺阿刺伯所有的香料都無法薰香血腥，終於自盡。

「蘇格蘭副將麥克德夫與王子瑪爾康逃至英國，請得大將西華德率一萬精兵北伐，去平定蘇格蘭之內亂。三妖婆警告馬克白說，娘胎所生之人子傷害不了馬克白，他將長保不敗，除非柏南大森林會逼近丹新南高堡來襲他。這些預言表面若吉實則為凶。殺馬克白的麥克德夫是剖腹取出的。而柏南大森林逼近丹新南堡的幻象，則是英軍人手削一樹枝執以進軍所造成。貪婪的野心家因誤解預言終於自誤。

「暴君馬克白殺害了麥克德夫所有的家人，並引兵出堡迎戰瑪爾孔及借來的英軍，但大勢已去，服從他的蘇格蘭諸侯紛紛投向瑪爾孔的陣營。馬克白孤軍出堡奮戰，終於為麥克德夫所誅。鄧肯之長子瑪爾孔也終於登上王位。」

葛瑞格改編的莎劇《馬克白後傳》就以馬克白多行不義、眾叛親離、誤解預言、終於受戮啟幕，而最大的改變卻在篡后馬克白夫人，格如娥赫（Gruach）並未悔罪自盡，反而色誘英軍統帥西華德以自保，並且隨機應變，同意改嫁鄧肯長子瑪爾孔，成為新后，認為瑪爾孔會淪為弱君，不足以統治蘇格蘭諸侯，所以英軍必須留守，以待西華德遍洽諸侯，統一亂局。於是英軍四方搜索，必須獲格如娥赫之子以除後患。唯蘇格蘭人堅決不肯指認她的孩子。西華德乃大屠蘇人而濫捕蘇童，引起民間反抗，西華德長期留守蘇格蘭，遂有歸意。占領區的人民與占領軍之間不能相安，情緒非常緊張，西華德部將伊甘（Egham）也認為主帥的措施過於殘酷。占領鄰國，固然是戰爭行為，統治占領區，就要靠政治了。

莎翁的《馬克白》原作，乃一大悲劇，處理的是犯罪與悔罪的心理掙扎：鼓動犯罪的，是野心，事後悔罪的，是良心。三妖婆的預言鼓動馬克白於前，悍妻的教唆逼迫馬克白於後。但終於，馬克白夫人的野心雖強，卻難敵她良心日夜的譴責。馬克白則被妖婆的預言一誤再誤，身敗名裂。

莎翁的悲劇，人事之是非分明，天理之報應不爽，馬克白夫妻說得上是天怒人怨。葛瑞格改編的《馬克白後傳》讓格如娥赫活了下來，來收拾蘇格蘭內亂的殘局。馬克白休矣，但鄧肯欽定的繼位人瑪爾孔也贏得不算光明正大。新朝的權力結構，一半是由鄧肯的血統繼承，另一半卻由叛臣兼兇手的共犯分享。《馬克白後傳》的政治充滿了妥協，勝利者是利益交換的「馬家唯利主義」（Machiavellianism），還是姓馬，一笑。倒是英軍統帥西華德，先是用樹枝遮掩的惑敵戰術，智取決勝，後則苦心想在諸侯間達到和平共識，而在用武不成殺格如娥赫之子又不忍的矛盾下，終於放下一切，誠所謂A Farewell to Arms。

《馬克白後傳》雖非傳統的希臘悲劇，卻活用了其合唱隊的儀式，將全劇分為春夏秋冬四大幕，以象徵經年之內亂，與蘇格蘭人之不夠團結、英國援軍之徒勞無功。第四幕〈冬〉結束前，西華德把嬰孩還給了新后格如娥赫，然後四大皆空，把荒寂無際的雪地還給蘇格蘭。

至於莎翁原作那三個預言惑人的妖婆，為伊麗莎白朝劇臺平添了神祕與不祥的氣氛，在改編劇中去了何處呢？原來她們變成了新后的女侍。在莎翁原作中，她們都是魔頭黑卡蒂（Hecate）的從者。

最後，如果有人要問《馬克白後傳》的主題為何，有何影射，該如何回答呢？此劇的主題該是戰爭與和平，不過兩者是政治的延伸：一國之內分成敵對的兩派，就引起內戰；兩國交戰，互有輸贏，得就戰況講和，就是辨外交了。馬克白夫人，也就是格如娥赫，在改編劇中既不發瘋也未自盡，卻變成心機深沉隨機應變的厲害角色。為了政治，她可以勾引占領軍統帥以自保。但她對西華德並未動情，因為要保住政權，她也可以和瑪爾孔聯姻。所以最後西華德只好解甲而退。西華德的身世是英國北部與蘇格蘭交界的諾森帛倫伯爵，其封采地正是國防重地。

至於影射，此劇本就採自信史。三妖婆所以預言雙關，臺詞所以用到蓋爾古語（Gaelic），場地所以包括丹新南（Dunsinane）、茵芙內思（Inverness）等等，都涉及蘇格蘭史，尤其是迷信鬼神的蘇格蘭王詹姆斯六世（亦即英王James I）。改編劇之作者葛瑞格與中東一帶文人久有交往，如有影射第三世界政局，也有可能。此劇之出版，近在二〇一三年八月，也許有人會聯想到美國屢次出兵去干預外國。

莎翁原著的《馬克白》是一大悲劇，葛瑞格改編的《馬克白後傳》還不足當悲劇之稱，只能算是諷刺劇、虛無劇、荒謬劇。但是臺詞之鄙俗，性暗示之猥褻，則當代之改編劇更甚於古典之原著。至於馬克白悲嘆人生有如傻瓜說故事，不勝慷慨激憤，卻毫無道理可言：那樣精采的片段怎能求之於當代的俗話？

——二〇一四年五月

寧讓科技秒殺？

二〇一五年十二月十六日，全球行動互聯網會議在臺北召開，中國地區的代表文樹先生召我去臺北出席備詢。我既不上網，更不使用任何款式的手機，原來毫無資格出現在這種場合。啊不，他們召我去，只是要責問我，處此「秒殺」的科技社會，我何以竟能順利過日子。我說，收發e-mail，在家有我女兒操勞，去學校也有兩位助理可幫忙。我兩免了。倒是互聯網賺得盤滿缽滿，無往不利，無遠弗屆，可是你們快樂嗎？這問題好像他們從未自問過，一時難以回答。我說，科技席捲天下，似乎應有倫理來檢驗、控管。

儒家強調修身齊家，如今家人共居一室，每人都低頭與遠方交流，可謂心不在焉，神不守舍，可悲也。至於道家強調天人合一，人原應往來於天地之間，但如今上網者終日只解面對摹擬的空間，不知日月山川為何物。

科技如此緊逼相催，當然不免引起反動，若干有心人乃發現：要快活，就得慢活。慢飲功夫茶，慢行看臺灣，都是佳例。

所以我說：「科技催未來快來，文化求歷史慢走。」但願世人細味吾言。

——二〇一五年十二月

遠念黃國彬

在我擁擠的書櫃上，常年斜靠著一張照片，背景是倚著晚霞的鹿山，前景是站成一排但只見上半身的四個文友：依次是黃維樑、梁佳蘿（梁錫華）、余光中、黃國彬；綽號是「沙田幫」，風格是古今不拒，中西並容，授課範圍是橫跨中文系、英文系、翻譯系。這張照片在我心中的分量，不下於我早年在臺北的另一張合照，也是站成一排，依次是夏菁、吳望堯、余光中、黃用，身分當為以詩結緣，不像沙田幫以文會友。

沙田幫除我之外，其他三人的才學各有可觀，各有勝過我的長處，令人欽佩。能身在其列，我深感自豪。那幾年大家意氣風發，我曾戲稱幫中三傑為「黃粱一夢」。現在卻久已天各一方：維樑在深圳，錫華在加拿大的埃德蒙頓，國彬在加拿大的多倫多。三人之中，數國彬最謙虛，最不擅長（也不肯）自我宣傳。所以接到維樑寄來由香港天地出版社推出的《黃國彬卷》一厚冊（逾六百頁），我特別高興。維樑為了編這本書，寫了一篇三十六頁的長序（約為二萬二千字），對國彬的詩文評譯有精當而詳盡的論析，甚至說到國彬允文允武，還說他的名字也不妨改為「黃國斌」。其實這改名之想並非妄念，因為國彬曾多年保持港大的游泳冠軍，又真的學習過搏擊之武術，踏踏實實可稱文武全才，所以在冰上滑跌也不致狼狽到四腳朝天。此外，黃國彬在翻譯上也成就不凡：二十年埋頭苦幹，譯出了但丁的《神曲》，其後更譯出了莎士比亞的傑作《哈姆雷特》，兩者都是前有長序，後有詳註，功力過人。

我所以推荐這本《黃國彬卷》，倒不是因為其中有〈明日隔山海，世事兩茫茫——送別余光中〉一章，對我頗有好評，而是因為此章詳述了沙田幫方陣組成的經過，而且記錄了我如何逢場作戲咳唾隨風說了的一些難忘的話。那些話事過境遷，連我自己也忘了，國彬卻不甘任其隨風而去。例如有一次他和我在天星碼頭發現有一艘可疑的俄國郵輪，我驚訝地悟出船頭的**Максим Горький**原來是高爾基的全名，遂沿著碼頭疾奔，窺探船上神祕的真相。此事實在不凡，但日後我竟忘了，若國彬不記下，也就船過無痕，香港之為國際自由港，也就少了一個例證。

——二〇一六年十二月

輯四

澀極而潤，苦盡甘來

——我讀《懷碩三論》

何懷碩手中的那枝健筆，不但能畫，而且能文。他的書法也很俊逸：三十年前為我所寫的黃庭堅水仙詩，一直高懸我客廳的顯處。何懷碩當然是卓越的名畫家，也是犀利的評論家，筆鋒所至，廣闊的題材如生命與社會，專業的領域如中西畫史與畫家專論，無一雄辯滔滔，趣談娓娓，動人清聽。

到一九九八年為止，他的著作已有十三冊，但其中有部分重疊，而一九九八年所出的《懷碩三論》，即《孤獨的滋味》（人生論）、《創造的狂狷》、《苦澀的美感》（合為藝術論上下卷）、《大師的心靈》（畫家論），當為他一生評論的核心。加上二〇〇三年新出的經驗之談《給未來的藝術家》，評論家何懷碩的成就相當可觀。

《給未來的藝術家》令我驚喜，因為所附的插圖令人大開眼，不但有中西現代畫的名作，還有當代日本與中國的佳作，大多為我生平初見。而尤其令我興奮的，是其中還包括何懷碩的最新作品《夢幻金秋》（二〇〇〇）與《觀音山》三幅（二〇〇三）。另一新作《川端康成》（二〇〇三）肖像，繼以前的《吳昌碩》、《齊白石》、《黃賓虹》、《杜甫》之後，說明了何懷碩的人像畫另有勝境，不容他當行本色的山水畫完全遮掩。

《孤獨的滋味》是何懷碩的人生論，是他從在台港報刊所寫的專欄中選出的六十六篇文章，題材自宗教到文化，美容到嗜好，自由到自卑，悲觀到快樂，有的形而上，有的塵世間，有的說理，有的抒情，顯示作者興趣之廣，學養之富。大致說來，作者的態度是嚴肅的，卻不時透出幽默，甚至冷嘲熱諷，有時更正話反說，大做翻案文章。例如〈說減法〉一篇，就指出現代人物慾太重，凡事貪多，反為所累，所以若求心安理得，就應捨無饜的加法而行有守的減法。又如〈說自由〉一篇，開端就跟盧梭抬槓，逕說「人乃生而不自由」，因為時代、地區、家庭、體質、相貌等等都已先天注定，不由自主。又說人之一生，孩時固然不能自主，老來又何曾能得自由；中間的青年與中年更是難關重重，淪為虛榮與貪念之奴，所以自拯之道只有在精神上超越這種種束縛。

何懷碩的文筆大致流暢自然，不時有警策之句；說理的時候不淪於單調，故有理趣，而抒情的時候則更見生動，富於情趣。例如〈說今昔〉這一段：

我們無法證明現代人愛情的「幸福」比古人更多更美更好，但我們能夠證明過去的愛情更深、更痴、更持久、更專一、更偉大。我們的「物證」是過去留下給我們的情詩、情書、愛情故事比現代更多、更動人。

〈說食色〉一篇，在布局、條理、論析上十分緊湊、明快，但在細節的描寫上卻生動、活潑，洋溢著諧謔的腔調，可稱幽默小品之絕妙上選。這種文章最難把握分寸，稍一逾越就會墜入惡趣，但作者採用簡練淺明的文言，忍住冷面故作正經研討之狀，而讀者卻忍不住，早已爆發笑聲了。且看此段：

飲食之行為，不論如何恣肆，也只是口舌齒牙之動作。粗俗與文雅，屬於個人風度，大體而言尚能維持文明社會之基本要求，故飲食可行之公共場所，且可集體享用。性愛之行為則大異其趣。裸裎相向，性器交鋒，全身動作，汗流浹背，甚且呻吟號呼，地動山搖。故注定其只能由當事之兩人，行之於密室。

〈說晝夜〉一篇其實以夜為主，簡直是夜之頌，也是一篇上佳的抒情散文。文章一開始，就引《創世紀》之說，說濛鴻之初，淵面黑暗，神說要有光，光乃誕生，可見夜之存在先於白晝。文章及半，散文的宣敘調變成了詩的詠歎調：「夜也是鬼魂、精靈與一切神祕詭怪與幻想的發源地⋯⋯如果說白天是儒法的世界，夜晚就是老莊的天下；白天是政經法商，夜晚是玄思、詩與藝術；白天是紀功碑，夜晚是懺悔錄；白天是媚日的向日葵，夜晚是悄然自開的曇華。」到了文末作者更沉痛其詞：「我不大敢看鐘錶，一看到凌晨已數小時，黎明在即，便覺得好像門外有拿著手銬的『差人』要將我捉拿，回到白晝的現實世界中去服勞役。」

凡此種種足以說明，何懷碩不僅是人生世態的評論家，更是相當出色的散文家，甚至頗具抒情散文家的潛能。其實中國藝術的傳統本來就有「畫中有詩」之說，非但畫境有詩，抑且畫上常常題詩，所以凡有中國文化修養的畫家，本質上都是詩人，而會寫抒情散文原很自然。所以在〈繪畫與文學〉的長文中何懷碩就說：

> 詩為「精神理念」與「感性形式」之中庸，為客觀藝術與主觀藝術兩端之和諧的結合。所以，我以為詩為一切藝術之靈魂。但這樣說，似乎說一切藝術只是一個軀殼，我不是這個意思。換一句話來說，其他藝術與詩在最高精神上是殊途同歸。

我曾有〈繆思的左右手〉一文，比較詩與散文的關係，結論是：「詩是一切文體之花，意象與音調之美能賦一切文體以氣韻：它是音樂、繪畫、舞蹈、雕塑等等藝術達到高潮時呼之欲出的那種感覺。散文，是一切作家的身份證。詩，是一切藝術的入場券。」此意與懷碩之說當可互相印證。

懷碩的藝術上下二卷，體大思精，是他專業評論的扛鼎力作。其中的五十多篇文章裡，有些地方會相互重複，但是不論研討的是藝術的本質，藝術與其他領域的關係，中外藝術史觀，或是個別藝術家的評價，何懷碩的論述都「吾道一以貫之」，基本的信念謹守不渝，那便是：一位藝術家努力的方向，應該是在民族性的本位上發揮自己的個性；如果越過民族性而要追求所謂的世界性，則不但民族性會被架空，而且會發現，所謂世界性實際上只是文化帝國主義泛西化的幻覺而已。但是在另一方面，中國繪畫的傳統累積既久，陳陳相因，對現代畫家的壓力太大，無論在題材或技法上都必須突破，所以向西方借石攻錯亦為生機。不過，取法西方只是一種手段，不能誤為目的，否則就會喪失自己的民族性。同時也不必趕著西方的潮流一路追蹤步武，成為西化之奴。中國繪畫需要現代化，但西化不等於現代化：西而不化，就不能為現代化帶來生機。美容，畢竟不是變化體質的健美之道。正如何懷碩在〈說美容〉一文中所說：「過度『美容』的後遺症就是『毀容』。」他更指出，改善中國繪畫之道，也不盡在向西方取經。例如沿習日久的文人畫，養成了以簡馭繁，以逸代勞，以不畫為畫，以留白為含蓄，以文人名士遺世忘俗自高，甚至淪繪畫為文學雅趣之附庸。於是豪傑之士力圖自拔，而有吳昌碩與黃賓虹向金石的鐵畫銀鉤去求古拙，任伯年與齊白石向民俗的江湖市井去求天真。

何懷碩的結論是：傳統藝術要現代化，外來藝術要本土化。這信念與我在文學上一貫的主張完全相同。

除此之外，藝術論中另有一篇力作值得注意。〈論《抽象》〉一文長達二萬五千字，正本清源地析論了所謂抽象的本質與來龍去脈，結論是抽象亦象，不過是世人少見多怪的顯微微觀或放大宏觀而已，所以原則上也是具象的一種而非具象的反義。何懷碩繼而指陳幾何抽象畫與表情抽象畫之得失，擔心所謂抽象畫如果完全抽離了人文精神，勢將淪為冷漠或紛繁的形式主義，不能感動觀者。近年來我自己對抽象畫與具象畫之相對價值也已有不同的看法，認為具象畫中如西方布魯果的《雪中獵人》（*Pieter Brueghel the Elder: Hunters in the Snow*）或中國范寬的《谿山行旅圖》，其博大深沉，仍是任何抽象畫不能企及。

《大師的心靈》一書是何懷碩的畫家論。此書使我得益匪淺，不但可以認識中國現代畫個別的大師，更可進而窺探百年來中國畫史的演變。何懷碩在近百年來的畫壇各家之中，嚴格選出了八位大師，依次為任伯年、吳昌碩、齊白石、黃賓虹、徐悲鴻、林風眠、傅抱石、李可染。

八位大師均已作古，所以畫壇地位較易評價。論籍貫，八人依次來自山陰、安吉、湘潭、金華、宜興、梅縣、南昌、徐州。其中浙江三人，江蘇二人，其餘湖南、廣東、江西各一人；幾乎都是南方人，而以江南最盛，占了一半。論年壽，除任伯年（五十五）、徐悲鴻（五十八）、傅抱石（六十一）三人未登耄耋之外，其他五人都過了八十，而齊白石、黃賓虹、林風眠甚至都過九十。因此何懷碩強調，長壽對大畫家的自然發展，積漸為雄，實為重要的條件。他更指出，李可染生平的傑作大都成於四十歲到六十歲之間，其後二十年並無進境；但是黃賓虹一生的修練，卻要等到八十歲以後才燦然有發，臻於他自許的「渾厚」與「華滋」。

何懷碩所選的這「八大」正好可以分成兩代：前一代四人的年齡較為接近，其所以偉大，取法於西方者少而得益於主流傳統之外的中華文化者多，可謂善於借俗反雅，或借遠古以反近古。後一代四人的年齡顯然與前一代差了許多：徐悲鴻就比黃賓虹小了三十五歲，但比李可染只大十二歲。而更大的差異在於，後一代畢竟去古更遠而於西更近，所以對中國藝術傳統的反省，得益於西方藝術的外援者較多。徐悲鴻得之於西畫者，以印象主義以前的寫實主義為主。林風眠之外援則得之於印象主義以降。以林比徐，顯得「現代」多了。何懷碩獨排眾議，認為徐悲鴻雖不夠「現代」，卻將循序而進的寫實主義之紮實功夫介紹了過來，未始無功。傅抱石的外援卻來自日本，頗受日本近代畫家中經過中國水墨畫薰陶者的倒流沖激。同時，傅抱石在日本留學，也認真地學了西方的素描。至於李可染，「黑、滿、拙、澀」的畫面也常見明暗對比，濃墨之中，每有神祕的水光樹影，也隱含了西畫的技巧。

何懷碩對自己所選的「八大」，從小就已敬愛有加，及長，更在感性的羨慕之外再加知性的鑽研，因而行文之際學術的評析儘管嚴密，也難掩筆鋒流露的深情。這八篇專論，簡明深刻，雖然沒有學術論文必備的注釋，卻都是紮實的好評論，也是生動的好散文。我讀了兩遍，深受感動。

儘管如此，在篇末的價值裡，何懷碩在盛讚之餘，仍不忘指陳大師的缺失。例如對李可染的評價，就指出他晚年實際上是不進卻退，但是立刻說明有此現象的原因。最後何懷碩表示，李可染的技巧雖然圓滿卓越，但人文精神的蘊蓄卻相對稍弱。他說：「最好的藝術作品內容的意義與形式的意義應該聲氣相應；如果有所偏側於形式的開拓，只要有創造性、有獨特性，其價值還應得到某種肯定。基於這個觀點，我幾經考慮，仍把李可染列入近代大畫家八人之一。」

不過，李可染雖然「通融」了，張大千卻未能列入「八大」。何懷碩在序言裏花了兩整頁的篇幅，來說明何以名滿天下的張大千不能入列。他列舉的理由我完全贊同。我認為張大千的功力實在神妙，於傳統技巧他無所不窺，真是一大行家，不愧西文所謂的virtuoso

（無求弗熟）。像畢卡索一樣，張大千也是一位妙手空空的「神竊」，不過張大千技能通神，可惜畫中無我，而畢卡索卻能竊古變今，為我所用。

看得出，懷碩深心最仰慕的，是傅抱石。傅抱石風骨高古，氣質雅醇，於中國微妙的詩境最為入神，對懷碩的感召顯然頗深。也難怪懷碩給了他最高的肯定。

《大師的心靈》一書，由一流的名家來細說他孺慕的前輩，誠然高明，但所附的插圖也選得很豐富，可以大開讀者的視野。例如傅抱石的那幅《湘夫人》，印證的詩境是「嫋嫋兮秋風，洞庭波兮木葉下」。那帝子綽約的豐姿，那漫天降落的楓葉，襯著洞庭層層迢遞的風濤，那種神祕的清淡高雅，雖然沒有波提且利的《維納斯之誕生》那麼富麗，性感，但其微妙的魅力卻不遜色。連屈原見了，怕也會驚豔不已吧。好在楓葉沒用豔紅著色，否則就墮入商業氣息的陋俗了。

——二〇〇四年七月於高雄

詩心畫境通茶香

——序吳德亮《德亮詩選．詩書茶畫》

德亮好奇、耽美、率性、愛鄉、懷古，忙得樂在其中，自然也有多種成就，可謂集作家、畫家、攝影家、茶藝家於一身。其中論寫作則兼擅詩、文，論繪畫則兼擅油畫、水彩；為了攝影和找茶，更走遍了臺灣的茶鄉，並遠征日本、蒙古、閩粵、雲南，尤其是雲南，更深入茶香嫋嫋的麗江、大理、普洱、瀾滄與易武。他的美感、靈感被一縷茶香誘引，引去了雲南，不但找到了名茶，還找到了，而且娶了，一位美麗的雲南嚮導。

他一直要我去他工作室看看，我當然答應，卻忙到上個月才終於跨過他「工房」的門檻，面對滿牆的油畫，滿桌的民俗藝品，滿櫃的茶甕、茶罐、茶餅、茶磚。不但遠看，還要近聞，聞之不足，更品之味之，感之讚之，事後追味，仍甘之津津。德亮告訴我，他的茶藝已經傳授給太太了，所以那天下午，我們夫妻和中山女高的老師段心儀，中山附中的老師黃德秀，得以解饞細品的普洱名茶，都是他太太煮奉的。

不過天下哪有白喝的好茶呢？等茶入了我的枯腸，德亮忽然說，他三月中旬要出一本詩選《詩書茶畫》，請我寫一篇序。主人的甘美茶汁正在我體內淪肌浹髓，消滯掃淤，我怎能不欣然允諾呢？

這本詩選不但選自德亮已出的四本詩集，涵蓋從《劍的握手》（一九七七）到《水色抒情》（一九九〇）的少作，更收進了近十年來的近作、新作。值得注意的是：從一九九〇到一九九七之間的歲月，他似乎擱筆了很久。只有在卷五「旅情」之中，才得見作者此期題詠旅情之作，如〈夜過赤壁〉、〈成昆鐵道〉、〈走過羅布泊〉、〈烏魯木齊〉等篇。我自己寫詩六十年，其間擱筆最久的淡季，不過十個月。如我推斷不錯，那幾年德亮的作品，應該是轉向繪畫、散文、記遊或報導去了。

因此一九九七年的兩首悼亡詩，雖然都是十幾行的小品，卻說明詩筆停了七年之後，何以又再拾起。〈六西病房〉寫詩人剛喪愛妻，劇痛未已，悽惶無告的心情。詩人一手握著妻手，而用另一隻手拭淚，同時竟羨慕鄰床女病人的丈夫，只因他癱瘓的妻子還可以讓他長久地看顧。至痛之人竟羡慕長痛之人，這對照鮮明而反諷，並且突然而來，嘎然而止，短而有力。另一首〈晚餐〉：

像往常一樣
準時回家
與妻共進晚餐
聊天說笑

像是什麼
也不曾發生
我繼續說著笑話
只有不小心
滴落的淚水
在泡麵浮腫的
保麗龍碗內
微弱地映出
妻的遺照

就像電影的鏡頭，重播往日的幸福，虛實不分，最後被一滴淚點破，突然停格，落實在牆頭的遺照。此情此景，逝者已矣，生者何堪。這一對小品，語短而情重，可稱迷你傑作。

卷一的〈燕子〉是作者二十一歲駐防東引所寫，主題形象單純，語言節奏清暢，也是好詩。同卷的〈夜晚衛兵〉到〈狙擊手〉四首，均以服役期間的戰訓為題材，寫得陽剛而具體，卻又牽動裊裊的鄉愁，以〈狙擊手〉最為生動。卷末的〈蟾蜍〉成排陳屍於車道，天地不仁，造化無語，筆力凌厲而不留情，像不容廢話的蝕刻，令人難忘。

卷二的「水色」系列四首，分段工整，語言純淨，筆觸輕靈，或在異地懷鄉，或在岸邊談情，都是可讀的抒情佳作。〈水色浪漫〉的末五行：

十二年前代課教員的你
今日地產商人的我
寫詩已然奢侈
在本不該浪潮的歲月
畫畫也是

表現無奈與自嘲，而且一刀切入浪漫不起的地產商人，自憐兼自虐，低調得好，降高潮得有力。同卷的〈寫給爸爸〉和〈父母的話〉，寫遊子懷鄉的耿耿孺慕與感恩，十分動人。

兩詩均分三段，也都是前二段一起一承，而末段兼顧轉與合，也擅營結構：〈父母的話〉三段的發展，恰好是正、反、合，合得無理而有趣。〈鼾聲〉寫小人物的無奈兼自嘲，低調而又反調，諧謔可愛。

卷三專寫作者深諳的茶道，以〈茶詩三首〉與〈藏茶〉較佳，但合而觀之，似未能盡抒茶情。也許這方面的體會，反而在談茶的散文、雜文裡宣洩了，未留餘地給詩吧。

卷四的詩和德亮自己的畫可以互相印證，可謂詩中有畫，畫中有詩。其實他在畫作上面本來就常題詩，益增妙思諧趣，為富於民俗世情的畫面提高人文的層次。德亮的畫多不趨雅避俗，反而能夠寓雅於俗，反俗為雅，既可擺脫名人畫的刻意高蹈遁世，也可以使民俗藝術兼具哲理與個性。例如〈砧板魚之三〉：

海洋的子民
不要等到
上了砧板
才開始懷念
海洋的
聲音

不但是憐惜水族被人魚肉，更有警世喻人的引申，暗示莫等環境破壞，人類遭劫，悔之恨晚。在與詩同題的畫上，魚就浮雕在刀砧板一樣的厚木板上，形影不離，生死難分，令人印象深刻。同卷的〈唇印〉設想巧妙，有蒙太奇的效應，自作多情卻招致自嘲自憐，技巧與我前文引述的〈晚餐〉一詩頗可相通。

卷五亦即末卷〈旅情〉各首，是臺灣與中國各地的記遊之作，跨越的歲月前後為三十二年。其實當時的旅情、詩心，在德亮的許多風土攝影裡已經躍然紙上了。像他在《人間茶》攝影集中的〈水鄉茶樓〉、〈鷺鷥環抱的八卦茶園〉、〈茶馬古道上的馬幫〉、〈金瓜貢茶〉、〈冬茶採摘〉等傑作，原來就是不落言詮的好詩了。不過攝影的成就一半在造化，一半在人力，詩的成就卻端賴「詩心自用，詩筆獨揮」。卷五的〈夜過赤壁〉、〈成昆鐵道〉、〈走過羅布泊〉、〈烏魯木齊〉四首各有佳妙，其中細節的生動描寫與情節的開展，旅途的感觸，夾敘夾議，若用散文來說，當也多彩多姿。

德亮的詩句短而精簡，不像目前許多詩人的那麼冗長無度；句法也大致暢達明快，不像他們那麼濫用迴行，欲吐還吞；而事件、細節、意象，在他較為成功之作裡，有頗知取捨，懂得省用。他的鄉土認同與民族情感，兼容不悖。茶藝專精像他的人，當然是中華文化的傳人，所以對屈原、諸葛亮、李賀，對於陽關、赤壁、塔里木、羅布泊也全都寄以想像，付之詩情。他從不惑於流行的、尖端的什麼主義或顯學。在詩壇上，他獨樹一格、純吃茶。茶香於他，遠勝咖啡香、玫瑰香、薰衣草香。

——二〇〇九年三月

耿耿孺慕
——讀張輝誠的親情文集

張輝誠前後的兩本散文集：《離別賦》與《我的心肝阿母》，主題雖然貼近，風格卻十分不同，語言也形成對照。兩書富於同質性，卻又充滿互補感。以主題而言，兩書可稱「孝子文學」，不過聽來太老派了，太不夠酷。也可稱「親情書寫」，或是「孺慕告白」。以風格而言，《離別賦》寫嚴父，塑造的是唐山老家一位木匠師傅，在內戰期間被胡璉部隊徵兵入伍，歷經古寧頭之役與八二三砲戰，終於以士官長排副的名義退役為榮民；其後重操土木舊業，辛苦養家，也屢經工傷，出入醫院，卒以八一高齡逝世。《我的心肝阿母》寫的是慈母，雲林蔥子寮人，祖籍西河堂，出自河南，遷臺始祖林圯原為鄭成功部將，算是同安人。母親不識字，比父親小十九歲。本省女子嫁給榮民的故事（張輝誠戲稱之為「番薯仔」配「外省仔」），穿插交錯於兩本書中，雖然因背景不同而爭執不斷，但夫妻的感情卻十分深厚。

張輝誠的父子情不算和諧：不但因為父親生活辛苦，性情嚴肅，而且由於話少，更少對兒子提起自己的身世。九年前父親去世，為人子者不勝哀慟，孺慕難解，在歉疚的心情下專程去了一趟江西，像是償了亡父還鄉之願，對自己也踐了尋根之旅。更有意義的，是此行他得以親訪父執與族人，並核對黎川同鄉會志與胡璉將軍的回憶錄，才能把父親的身世拼湊成完整的圖形。儘管如此，沉默而又低調的父親，生前仍然把自己的祖傳價值傳授了好幾種給兒子。為父的只讀過兩年書，在二十四年軍旅之餘，苦心孤詣，竟然能把中醫漢藥、三國故事、太極拳法、傳統書法教給了兒子。張輝誠得此濡染，實在是虎尾高中之外難得的家教，甚至日後進師大也選了國文系所，或許正是由此肇因。

也就因此，《離別賦》的文筆比較文白互補，俾可承載大陸背景、華夏文化。另一方面，《我的心肝阿母》則把場景與關懷移到臺灣，尤其是北起淡水、南迄烏來的臺北縣境，包括阿母百逛不厭的夜市、菜市、吃食小店、電玩場所，甚至纜車、渡輪。阿母童心未泯，遊興不淺，卻因一身多病，不能爬坡或遠足，同時內急頻仍，也不能深入山野。她目不識丁，也不會說普通話，母子之間只通臺語，所以《我的心肝阿母》散文集的「語境」是十足的鄉土，尤其是阿母的口頭禪，包括「我父我母」、「滿臺」、「三八囡仔」、「沒孝啦、某生耶」、「未活囉」等等。他如「不通」、「會驚」、「細漢」、「真鰲」等等，也屢屢出現。如此語境，固然臨場感十足，鄉土味到位，卻苦了香港與大陸的讀者。

《離別賦》加上《我的心肝阿母》，不但是作者雙親的「側影」與「背影」，也等於作者的半部自傳。作者寫書的目標，求真多於唯美，揚善卻未「隱惡」，超乎「為長者諱」的傳統，對讀者的態度是十分坦誠的，令我想到上一世紀中葉美國的「自白詩人」（confessional poets）。不過自白詩人比較悲沉，詩是寫了，但悲情愁悵並未得以滌淨，結果三位詩人（John Berryman、Sylvia Plath、Anne Sexton）竟都自盡。張輝誠的「自暴」在《離別賦》中雖也不無自咎自責，卻更多孺慕，不盡是怨恨。〈洗澡〉一篇，先是父為子洗，繼而子為父洗，充滿了諧趣與敬愛，感人至深。〈說書人老張〉與〈老張說三國〉兩篇，對父親也止於淡墨揶揄，但無意諷刺，採取的角度是第三人稱的側影。

《離別賦》是緬懷生前，《我的心肝阿母》是承歡膝下。樹欲靜而風不止，《離》集滿是無奈的嘆息。親雖老而子猶壯，盡孝端在眼前，《我》集卻洋溢反哺的笑聲。阿母其實不難承歡：她返老還童，好吃、好買、好玩，容易滿足；同時健忘，能淡對滄桑；又不善計算，儘管不滿兒子日奉五百，卻欣然接受隔日零用一千。另一方面，她身兼數病，行動不便，一出門就嘆「行路難」，總怪阿誠：「我會乎你害死！」多病，久病，不免常上醫院：阿母怕上醫院，正如頑童怕上學。她怕體檢、怕打針、怕治眼、怕整牙，實非聽話的病人。她平常寂寞，見到阿誠就會嘮叨起來；有時和鄰人因失言而失睦，愛兒就得硬著頭皮出面去致歉。諸如此類，不一而足。

但是這一切都難不倒今之大孝阿誠。子夏問孝，子曰色難。張輝誠一以貫之，奉行的孝道正是「孝順」。阿母未盡之食，由他接下。母子比賽飛碟，他就放水裝輸。阿母盛氣硬來，他就低調軟應。阿母凡事絮聒，他就左耳入右耳出，當做耳福，充義務聽眾。同時還做到「婆媳分住」，自然免去邊界紛爭，更無廚房引火。另一絕招，就是用上肢體語言，和阿母牽手同行，或奇兵突起，來一個「熊抱」。遇上阿母天真不拘，把餐館池中的金魚撈起，或是參觀林語堂故居竟然倦臥大師之榻，做兒子的總能處之泰然。

張輝誠說，小時母親寵愛他，現在輪到他來寵愛母親。他也坦承，對阿母的懷柔之策也並非回回奏效，但仍不失為最佳法門。由愛出發，總是大道。現代文學表現的往往是一個失愛、無愛的社會：進步的作家會強調階級鬥爭，前衛作家會強調代溝與孤絕，地域作家會強調族群對立。張輝誠的這兩本散文集，出之於人性的寬容與同情，益之以生動而幽默的筆調，洋溢著孺慕的光輝與赤忱，在人倫價值快速流失的當代，令我們讀來備感驚喜。

這兩本書在眷村文學之外、鄉土文學之上，更拓展了當代臺灣文學的天地。所謂「兩岸交流」，其實未必從解嚴開始。也許更早，從江西老兵初遇雲林村姑的那一天起，就怦然心動、沛然啟動了。

——二〇一〇年五月

選美與割愛

當代已知的唐詩總數，並不限於康熙年間所編的《全唐詩》，竟已超過了五萬首。這一大筆財富是中華子女共有的現金，也是我們共同繼承而免於繳稅的遺產。闊，是真夠闊的了。但是能清點庫存的人並不算多，一般讀者怎能全讀呢，於是就有人來精挑細選，編出許多唐詩選集。二百五十年前（一七六三年，乾隆二十八年）蘅塘退士所編的《唐詩三百首》，就是眾多選集中流傳最廣影響最深的一部。結果是愛詩者幾乎都讀過了此書，甚至認定唐詩菁華全在此書，有些人讀的唐詩也就到此為止。但是唐詩之盛，豈是僅此三百首就能充分代表，而唐詩之妙，豈是坊間一般選集所能盡釋？湖南著名古典詩評論家李元洛，為了延伸唐詩的賞析，乃另編了一部《新編今讀唐詩三百首》以補蘅塘退士舊編之不足。此書之大陸版問世於二〇一二年九月。現在九歌出版社決定在臺灣推出正體字新版，李元洛又將《新編》修訂。我認為此書必將有益於臺灣的讀者，不但先睹為快，更樂於為之作序。

蘅塘退士之《唐詩三百首》（以下簡稱《舊編》）最顯著的特色亦即優點，就是以詩體的演變來排八卷的順序，始於五古而終於七絕，而每一詩體的作者又按年代先後為序。例如五律雖選了李白五首，卻選了杜甫十首，相去還不太遠；但是七律李白只得一首而杜甫卻多達十三首，用力所在就判然可分了。至於王維，光芒雖不像李杜之熾，卻各體皆備，入選首數也不少，當可見其多才。

李元洛的這本《新編今讀唐詩三百首》（以下簡稱《新編》），分為自然篇、社會篇、人生篇、藝術篇四大單元，每一單元又再各分為七個子題。《新編》之編排，不依詩體而依主題，也可見編者之苦心，但僅就目錄卻不知某詩屬何體裁，略有不便。卷末如加上引得，當可解決。不過，以主題區分也另有優點。例如「藝術篇」中，詠「書法」者有詩四首，李白的〈草書歌行〉一首吸引了我。懷素筆驚風雨的藝術，不下於西方現代畫的「即興力作」（action painting），也只有李白能追摹其狂。其後一首竟是杜甫的〈殿中楊監見示張旭草書圖〉，寫得不像李白前作那麼飛揚跋扈，卻也比較穩健踏實：「有練實先書，臨池真盡墨」之句是客觀多了。畢竟李白用的是七言歌行，而杜甫使的是五古。有趣的是：詩仙與詩聖來頌兩大草聖，李白讚懷素，杜甫詠張旭，亦即〈飲中八仙歌〉中倒數第二位酒仙，簡直像是在比賽。這卻是《舊編》裡罕見的書法決審。

無論誰來編選集，都會面臨兩難之境。此事猶如選美，有選必定有遺。正面的樂事是選美，但反面的憾事，便是割愛了。李元洛《新編》三百首，原則上每一首都未入選《舊編》，但是不可能完全不選《舊編》選過的詩人。誰能夠繞過李、杜、王維、二劉、白居易和一對小李杜而選出有代表性的唐詩呢？

我倒是為此做了一點統計，發現《舊編》的七十六位詩人中，遭李元洛「除名」者多達四十一位，超過半數了。這麼多「落第」生包括了劉方平、劉春虛、劉中庸、薛逢、裴迪、權德輿等人，原不足惜，可是陳子昂、王之煥、李頎、錢起、溫庭筠等名家也在其列，就令一般「熟讀唐詩三百首」的讀者不習慣了。其中原因，或由於其人本就詩少，或由於其傑作已被蘅唐退士選走，或由於在《舊編》中已占盡便宜。例如王之煥在《全唐詩》中僅存六首；李頎在《舊編》中已經一口氣入選五首七古，外加一首七絕；至於溫庭筠，本為晚唐名家，有溫李之譽，其實不如義山。

李元洛將《舊編》汰去四十一人，只剩下三十五人，但在《新編》中加入九十二人，所以《新編》共得一百二十七人。唐朝歷時二百八十九年，《舊編》選詩三百零三首，平均每年得佳作一點零四首。《新編》選詩三百一十三首，平均每年得佳作一點零八首，出入不大。《新編》能稱為新，不但加入了九十二位「新人」，也在於為留下的「舊人」另選「新作」。我也有統計數字可以作證。

《舊編》選詩最多的九位名家依次是杜甫（三十七）、王維（二十九）、李白（二十五）、李商隱（二十二）、孟浩然（十五）、韋應物（十二）、劉長卿（十一）、杜牧（九）、白居易（四）。白居易的作品以篇計只得四首，但以行計則〈長恨歌〉、〈琵琶行〉至少應有十幾首的分量，恐怕要排名在李商隱前後。

反之，《新編》選詩最多的詩家依次是杜甫（二十）、李白（十八）、白居易（十八）、杜牧（十二）、羅隱（十二）、李商隱（十一）、王維（十）、李賀（九）、杜荀鶴（八）。這不能不說是唐詩神龕的大重排，王牌的大洗牌。唐詩分期為初、盛、中、晚，若依此序，則《舊編》最前九家之中，初唐似無大家，盛唐得李白、杜甫、王維、孟浩然、劉長卿五家，中唐得韋應物、白居易，晚唐得杜牧、李商隱。四期的比重，到了《新編》裡變化頗大。初唐依然無人，盛唐只留下儒道釋三教的詩聖、詩仙、詩佛，中唐只有白居易、李賀，晚唐卻有杜牧、李商隱、羅隱、杜荀鶴四家之盛。

《新編》新加的詩人，最醒目的要推張若虛與李賀。早就該如此就位了。李元洛此舉，我不妨稱之為「若虛不虛，羅隱不隱」，因為他不但把晚唐的羅隱、皮日休、陸龜蒙，在《舊編》之中所未見的，加上在《舊編》之中只入選一首宮詞的杜荀鶴，都不吝大幅選入《新編》，同時多收韋莊之作，而於杜牧則於七絕之外更收納其五、七言律詩如〈九日齊山登高〉。相反地，於初唐詩人如陳子昂、沈佺期、宋之問、杜審言，《新編》

一概不收，而於所謂四傑也不收盧、楊。可見編者是有意要突出晚唐詩的貢獻，而所收晚唐之作也在浮奢之外更側重其感時諷世的一面。

此外，在李元洛的包容下，打油詩和口語詩也得到聊備一格的機會。女性之作在《舊編》只得一首，到了《新編》裡卻增為四首。

最大的優點是《新編》對每一首詩不但詳加分析和解釋，還拋珠引玉，時常買一送一，甚至買一送三，多引該詩作者其他作品或摘句以相印證，有時甚至兼引五四以來新詩加以貫通。所以名義上雖號稱三百首，實際上呈現在讀者視域的應該超過千首。例如晚唐的杜荀鶴〈秋宿臨江驛〉一詩，李元洛激賞其頷聯：「舉世盡從愁裡老，誰人肯向死前閒」，又引其另一名聯：「空有篇章傳海內，更無親族在朝中」以供欣賞。「空有篇章傳海內」句當自杜甫「豈有文章驚海內」句來，古典詩句「互文」成習，原不足怪。何況詩句「互文」之餘，還有詞家來化用詩家。

《新編》不但廣引主題或遣詞相近的古詩，有時還會引新文學家的「舊詩」來印證。例如下引郁達夫〈秋興四首〉之一：

桐飛一葉海天秋
戎馬江關客自愁

五載干戈初定局
幾人旗鼓又封侯
須知國破家何在
豈有舟沉櫓獨浮
舊事崖山殷鑒在
諸公努力救神州

憂國之情慷慨激越，實在比他的新文學小說動人。抗戰剛結束，他於同年（一九四五）九月在蘇門答臘被日軍所害，比之崖山的悲劇，同樣可嘆。《新編》屢用五四以來新詩來呼應唐詩，其實，用新文學作家或新文化學者如陳寅恪、勞思光的「舊詩」，該同樣有效，甚至切題。

我自己讀了一輩子唐詩，並未修煉成「也會吟」的功夫，更不如元洛之博覽貫通，但親近唐詩的心情從未轉淡。近日更寫了一組〈唐詩神遊〉的小品，或順推，或翻案，只為追求與唐人長相左右，挹其遠芬。且容我錄引其中一品，來印證唐詩啟發今人永不休止的靈感：

應悔偷靈藥

不死藥至今仍然成謎
連不老藥也仍待發明
星際，最美麗的逃犯啊
神話是最有效的庇護
有什麼用呢，警告逃妻
追訴期早過了吧
后羿懸賞再重
也無法將火箭啟動
一路引渡你回人間
伐桂的斧聲太吵
蟾聲又太含混
其實
不死藥也醫不了失眠

——二〇一三年十二月

智取與情勝
——序陳家帶詩集《聖稜線》

面對陳家帶的最新詩集《聖稜線》，讀者當會發現有以下這些特色：他的詩在語言上出入古今，文白兼行。古的一面，又可析為常用典故、成語、對仗。〈烏鴉的更正啟事〉一詩，先後就引入了愛倫坡的〈大鴉〉和華萊斯・史蒂文斯的〈看山烏的十三種方式〉，詩末更把「天下烏鴉一般黑」的成語顛覆。又如〈失速的夏夜〉，第一段就涉及瘂弦與七等生，而第三段又令我聯想到希區考克、覃子豪、布朗寧。〈冬日微笑〉之中，成語也多達七個，其實題目也間接取自柏格曼的影片。典故與成語都常出於文言，如果都隆重地引用，身分自然顯著。陳家帶卻一筆帶過，就淡化而訴諸聯想了。典故與成語往往出於對仗，這現象也常見於陳家帶的詩，例如〈夢工場〉的前二段：

一

天空極簡
藍到不行
生命寂寥
淡出鳥來
乃有幽浮烏托邦之思

二

桃李櫻杏
美得冒泡

「藍到不行」與「美得冒泡」對仗得很有趣，但原屬文言的對仗，此地卻是用白話來說，而且是此刻在臺灣流行的口語。這種巧拼而又陡降的趣味在〈漢字風景〉一詩中也有呼應：

九一一廢墟的灰塵
飄落到慧能的禪宗廂房
本來無一物
何處惹
什麼玩藝

徐冰的〈漢字風景〉，我也在香港的美術館中見過，當時的感覺，是徐冰巧將中華書道戴上面具，令人似曾相識，卻又有口難言，先是一驚，繼而一笑，被騙得喜歡這騙子。我有口難開，陳家帶卻完成了一首絕妙好詩。

此外，陳家帶的語言還有兩個特色。他之有異於目前一般詩人者，至少有一半是由於具有如此特色。其一就是少用「的」字，另一則是少用尾大不掉的長句。中文目前的白話文，幾乎所有的形容詞都得用此語尾。例如「單調的」、「兄弟一般的」、「淑女似的」、「國立的」、「更好的」，在英文裡因為形容詞有語尾變化，大可說成monotomous，brotherly，ladylike，national，better，卻沒有這麼單調。「的」字往往避免不了，但少用與多用甚至濫用之間仍能見出高下。尤其在詩中，一行之中如果用了兩個「的」或更多，就會顯得冗贅。我自己寫詩時，會盡量少用「的」，因此在改時，常把這冗字刪掉，讀起來反而簡潔得多。

目前一般詩人常自命在寫所謂「自由詩」，不但「的」字無力自律，而且愛用長句，每每一行長逾十三、四字甚至長達二十字以上。這對無辜的讀者（尤其是朗誦者）造成視覺、聽覺和了解上的吃力。現代詩之失去讀者，絕對與此有關。陳家帶能自律，很少一行太長。更幸運地，是他也少用迴行。他在此集之中，還有幾首詩，每行只有兩個字。

以上所言都針對《聖稜線》的語言。以下容我再分析他的思路、詩路，甚至風格。據他向我分析，他的詩路正沿著後現代而行，但並不順理成章，並不想一路走下去。我認為這就對了。從此集看來，他的來歷尚包括現代主義之餘澤，甚且古典與浪漫的影響。

陳家帶的詩兼有感性與知性，但是如此分析，未免太籠統了。倒是在用心與風格上，不妨將他的詩分成「智取」與「情勝」兩大類來談。此地的「智」，近於英文的wit，也就是英國十七、十八兩個世紀文壇所標榜的價值。「智」取的詩，動人情感的成分遠不如動人驚喜之巧妙；〈費里尼魔術〉、〈夢工場〉、〈漢字風景〉、〈十二生肖練習曲〉等作均屬此類。至於「情勝」一類的詩，則應包括〈烏鴉的更正啟事〉、〈極短歌〉、〈鋼琴課〉、〈哀悼柏格曼〉等篇。「情勝」類之作，作者比較投入，故較主觀，同時形式也較單純而有貫串。例如〈哀悼柏格曼〉一首，純以瑞典電影導演柏格曼的代表作的名稱，組成了一串感性生動的意象，在柏格曼、代表作、粉絲、我四者之間，造成四鏡互映的幻覺，十分動人。又如〈鋼琴課〉，雖然說的不是自己而是別人（學琴的孩子），詩體不是純抒情而是敘事，卻情感飽滿而敘事生動，從「把身體出借給蕭邦」一直到「大雪崩／無言的粉身碎骨」，十分成功。相比之下，「智取」的一類詩，就沒有那麼「主題化」，往往得寄託於因字生字，以詞引詞，要多靠聯想了。

陳家帶擅於經營意象，常有出人意外的創意。隨手拈來，就可以舉出下列佳例：

1. 枝頭睡意濃密如松針。
2. 大海彈奏它的藍調。
3. 音樂是最溫柔的母語。
4. 比風還快的劍比劍還快的花
   比花還脆弱的東晉王朝。

〈西風頌〉的題目雖借用浪漫的雪萊，卻是不折不扣的諷刺詩，用西風東漸，遠來居上的來勢壓倒東風來批評目前的文化界，科技已經取代了文化：

蘋果電腦
比蘋果香
可口可樂不啻
世界代言人

〈極短歌〉一首，乃智取一類詩之典型，不得不提：

君臨天下
而臣服於天

口是吾的一部分
心是愛的一部分
人是你的一部分

君臨愛
而臣服於愛人

——二〇一五年十二月

為現代詩畫鬆綁

1

大約在四十年前，羅青出版了一本奇特的詩集，叫做《吃西瓜的方法》，我讀後深有所感，主動為他寫了一篇書評，名之為〈新現代詩的起點〉。從此臺灣的現代詩的寫作，或多或少，就有了若干質變。當時所有的現代詩，不但在氣質上多愁善感，與社會相當格格不入，在語言上也注重「張力」，繃得很緊。羅青的詩在氣質上卻頗平心靜氣，對社會並無敵意，而語言上也放鬆了「張力」，甚至有點詼諧，偶開玩笑。我寫了那篇書評，是表示對新起點的歡迎，而非樂於發現又見一位新人，風格和我親近，足證吾道不孤。我發覺，羅青的詩風在於主題貫串全篇，因此警句不多。與當時的現代詩形成對照的，是此前的詩，偶見警句，有句而無篇，失去了平衡。另一對照，是此前的詩，好引西洋詩的名句為副題，挾洋自壯。

2

詩心通於畫意，所以後來羅青漸漸在國際以畫家成名。他的畫意充盈了中國水墨的傳統與西方創意的新銳。最動人的，是其實中盈虛，虛中含實，終於虛實相通，即虛即實，出入無礙，自由得令觀賞者虛實相激，一面訝其可驚，一面又樂其可喜，這種來去自由，令人如看川劇之「變臉」。我最歡喜天真未泯的嬰孩，兜其驚訝的絕招，是對他笑，忽然以手蒙面，忽然又縮手露臉，可謂屢試不爽。觀賞羅青的畫，我們就變成了小孩，被戲於川劇的變臉。看他的畫，還買一送二，有不少「小確幸」。他擅於利用中國畫的傳統：例如在畫面蓋印，以求其驚訝與平衡，讓西方的觀眾誤會用印處原來是畫的一部分；又常於畫上題句，增加意外的情趣；或將觀眾立足點提高，俯視得見馬路在下面轉彎，而椰樹的頂枝頂葉，在風中飄搖。

羅青的畫藝終於蓋過了詩名，乃使楚戈順著我的句法，刊出文章，且名之為〈新文人畫的起點〉。當年我肯定羅青率先開闢新疆，其意不在引他跟上吾道，而在鼓勵他獨上征程。他的長征今日已明確可見。如今他回顧上世紀臺灣文藝的成就，不見唐文標那麼悲觀，評價那麼負面；反而認為它貢獻多元，觸鬚敏銳，值得作家與藝術家們引以自豪。信心如此樂觀，值得我輩高興。

3

羅青歷數他有幸得挹清芬的二十三位先進，感謝當年獎掖他的前輩，其中我較感親切的，包括梁實秋、周策縱、林海音、高陽、席德進，和我的叔叔余承堯。最後一人，雖血緣與我親近，我存和我卻不很感到孺慕，因為他鄉情至上，而且重男輕女。每次來我家吃飯，總說我母親的手藝遠不如永春菜，盡失風度，怎能和高克毅、思果來我家作客時讚不絕口相比。但客觀上，我們又不得否認他來臺後把南管的藝術也傳來，隔海成了「漢唐樂府」，而且鄉愁的畫筆也寄愁於永春的青山，發展成「鐵甲山水」的獨創皴法。儘管如此，他過日子卻安貧樂道，粗茶淡飯，不求功名，能寫舊詩，也擅書法，一派老式文人的風骨，而衣著毫不講究，簡直近乎邋遢。

4

羅青這部回憶錄，共寫了四位老友：卷一〈天真直率詩無敵〉寫紀弦，卷二〈只許一人知〉寫周策縱，卷三〈高板凳與矮板凳〉寫周夢蝶，卷四〈試按上帝的門鈴〉寫羅門。他回憶的這四人，也都是我的老友。如果我縱筆寫來，至少得動用六千字。紀弦本來是「文敵」，當年在成功中學教書，他的詩風與詩論，尤其是「現代詩乃橫的移植，而非縱的繼承」，語出驚人，使「渡海三家詩人」之二，鍾鼎文與覃子豪感到不安，竟成立藍星詩社以為抗衡。藍星的作風比較中庸，對紀弦「飛揚跋扈為誰雄」的霸氣，不甘認輸，我在中央副刊上發表了一首詩加以諷刺。同時《文星》雜誌也提供了寶貴的篇幅，讓詩人們爭議新詩西化的問題。其實，不久紀弦偏激的主張，也透過他主辦的《現代詩刊》影響了我。同時，《現代詩刊》也一直對我有惡評。過了很多年，紀弦遷居去美國西岸，曾經領了我遊覽舊金山，完全忘記了和我交手論詩的舊事。老來我們重逢，他完全看不出有什麼芥蒂，閒談之中，有時興奮得像一個小孩。最近我收到陳幸蕙主編的散文集《我只想回到自己的家》，其中有紀弦的文章〈一隻鴿子〉。這才發現他的文體全然變了。以前在臺北鼓動現代主義風潮時，他慣於文白夾雜，會寫出「乃有我銅山之西應」一類的句子，暗暗地引起吳望堯的仿效。〈一隻鴿子〉全用白話寫出，生動地描寫他跟一隻鴿子的交情，令我非常感動。至此我對紀弦的看法全面改觀，肯定他是一位不失赤子之心的老頭。

5

卷二〈只許一人知〉追述的是旅美多年的學者兼作家周策縱先生。我和周先生沒有深交，但對其人與其作品一向敬佩。羅青把周先生描寫成一位詩魔，家中詩多成災，無地自容，可想文人之家，無一倖免。我倒記起夏濟安教授在臺大宿舍的書桌如何書滿甚至書溢的亂象。在他的房裡早就需要一位厲害的女工來徹底清理。大約是在一九八一年，我還在中文大學教書時，即曾開車帶了周公、黃國彬、我存去香港仔華人公墓苦尋蔡元培校長的葬址。後來三代詩人：周公、我、國彬各有一詩紀念此事。周公是兩棲而跨界的詩人，能寫傳統的舊詩，也會像辛笛一般自由，寫五四時代的白話新詩。不過周公更是學者，對五四運動史的研究，久已聞名。

6

卷三〈高板凳與矮板凳〉所追述的是作者和周夢蝶先生的交往。我和這位周公的交往，既深亦久，因為他是藍星詩社的作者，不但在武昌街擺街頭的書攤，做了「一人大學」的孤獨國主，而且常一人去我廈門街的住家，藍星詩人高談闊論，他總是在旁靜聽，偶然加入。他是河南人，隨軍來臺，後竟獨來獨往，成了孤獨國主，成名之後，詩友多了，也就登了「明星」之樓。他不解英文，卻勤讀佛經與《聖經》之譯本，博採眾議，寫出富於矛盾語法的新詩。就這麼，粗茶淡飯，不求聞達於富貴，他過著獨立而自由的日子。不過他雖自由，卻不寂寞，而與女弟子們的通信，倒熱鬧得很。我先後贈他好幾首詩，外加一篇短評（〈一塊彩石就能補天嗎？〉），他卻有收無答。於是我終於向他抱怨，為什麼「重女輕男」？瘂弦也曾對我笑語：「夢蝶是最浪漫的詩人。」儘管如此，他仍是紀弦以下最艱苦卓絕的詩僧，粉絲之多，不可思議。追思會在臺北舉行，我遠在高雄，又在病中，未能北上親悼，除在聯副發表一詩外，說不出深心是哀其往生，或慶其脫解。

7

卷四〈試按上帝的門鈴〉追述的是大羅（門）與小羅（青）交往的經過。羅門是一位很難分析的詩人，意象雖然好大喜功，卻抽象到不夠落實。因為書卷不夠，而許多大而無當的意象，又往往與意念不相配合，令人迷惑。所以我對他自撰的繽紛術語，總是無法理出頭緒，久之也就放棄釐清，更久也會只覺無奈。我發現，中文欠精的讀者，容易陷入其中，莫能自拔，只能感到一層朦朧之美。羅青比我有耐心，因此較能發現大羅的佳妙，以及其中蘊藏的諧趣與想像力。例如他把泰順街的住家布置成燈屋，名之為白宮。羅門對中國古典詩興趣不大，所以引來引去，只有那麼幾句；他讀的英文詩也非常有限。總之他能用的傳統都存底頗淺。他非常自我中心，所以變來變去，大半是土法煉鋼，籌碼全是來自血肉之軀。羅門似乎一刻也不能忘懷自己是詩人，這在現實生活中引起很大的挫折。他進了醫院，本應記得自己的身分是病人，而非「偉大的詩人」，結果他會攔下工作中無辜的護士，向她宣示詩歌的功德，並且展示自己寫在海報上的大字作品。在許多場合如此宣揚自己怎麼懷才不遇，連人才濟濟的大會上也憤憤不平地為群眾可惜他被冷落的不幸。羅青認為他廣東話（實為海南話）的國語，像唸魔咒一般，宣揚貝多芬或巴哈的真諦，其流暢而自得之聲浪，將聽眾推入一道螺旋的迷宮。他為畫展慷慨陳辭時，也不遜於為詩傳道。所以畫展的請帖，曾印有「名詩人，心靈探測博士主講」之句，以資號召。

蓉子不但是虔誠的基督信徒，也是一位體貼的妻子，但羅門蔽於自我的優越感，似乎並不欣賞，反而認為她的詩遠遠不如丈夫。真是人在福中不知福，反誤會自己受盡了委屈。

8

〈咽下一枚鐵做的月亮〉是羅青這本回憶錄的「附錄」，記錄二〇一四年九月在深圳跳樓自殺的青年工人許立志（一九九〇—二〇一四），因為留下不少絕命詩，而令舉世震驚，且令羅青聯想到當年由大陸來臺的天才詩人楊喚（一九三〇—一九五四）。茲錄廣東籍的許立志遺作之一，以為印證：

懸疑小說

去年在網上買的花

昨天晚上才收到
實事求是地說
這不能怪快遞公司
怪只怪
我的住處太難找

因此當快遞員大汗淋漓地
出現在我面前時
我不但沒有責備他
還向他露出了
友好的微笑

出於禮貌
他也對我點頭哈腰
為了表示歉意
還在我的墓碑前

遮上一束鮮花

這首詩可說是悄悄的，試按了一下上帝的電鈴！

——二〇一七年八月

輯五

莫隨瑞典老頭子起舞

1

巴布・狄倫驟得二〇一六年度的諾貝爾文學獎，激起爭論之多，似乎超過了海明威與福克納。諾貝爾獎宣傳之廣，無遠弗屆，即使毫無獎金，也能名聞天下，財源大開。其實諾貝爾文學獎一直澤溉西方，不過偶惠東方。我們應稱之為西方文學獎，不應譽之為世界文學獎，而隨十八位瑞典老頭子的咳嗽起舞。

諾貝爾文學獎頒贈迄今，已逾百年，得獎名單，頗有一些不孚眾望而引起爭議者，例如美國的賽珍珠、英國的吉卜林，甚至如邱吉爾與羅素，也予人「撈過界」之感。反之，大作家如托爾斯泰、康拉德、納博科夫、哈代、吳爾芙夫人、普魯斯特等等卻與諾獎無緣。所以諾貝爾文學獎是一項很不平衡的榮譽，坐令許多大作家、許多橫海的巨鯨游過網外。

諾貝爾文學獎的長久優勢，在於它的主辦國是一個王國，不像其他的民主國家政局那麼多變，而且頒獎場面是由國王親臨主持，更顯得體面而且隆重。這是臺灣的「唐獎」辦不到的。倒是此獎的頒獎辭往往抽象而又空洞，大而不實，似乎可以安在許多空洞的主題之上。在標榜民主的國家，政治正確往往只享壽十年，甚至更短，所以行之有年的諾獎顯然成了老字號的「不倒翁」。敗興的是：即使在西方，此獎仍不免「死亡之吻」的惡名。海明威、川端康成都是此獎得主，縱有此獎加持，仍以自殺告終。高行健、莫言得此獎後，書雖暢銷，卻未獲讀者暢讀。

2

在二十世紀中葉，巴布・狄倫與披頭四風靡了英美，而且犬牙交錯地彼此影響。巴布・狄倫在前輩葛塞瑞（Woody Guthrie）的啟示下成為民謠歌手，後來又轉變風格，徘徊於輕快的節奏、搖滾民謠、電吉他、酸搖滾、暈頭樂之間，每次改調，雖有新聽眾熱烈歡迎，卻不免舊聽眾的排斥。一九六一年，他初出道，在卡內基演奏廳開音樂會，聽眾只有五十三人。但到了一九六四年，他的唱片集《時代轉變了》（*The Times They Are A-Changin'*）一舉成名。僅看這題目就可見他在革新之中仍不棄英文詩的古典傳統。

3

這唱片集的題目如果按平實的散文說來，就是The Times Are Changing，可是古典的英詩可以在一句話的主詞之後加上代名詞（例如the times they），但僅此還不夠，更可以在主動詞之前襯以一個小小的a，以滿足詩句之節奏感，例如十七世紀騎士派詩人海瑞克（Robert Herrick，一五九一——一六七四）的作品〈有花堪折直須折〉，首段如下：

Gather ye rose-buds while ye may,
Old Time is still a-flying;
And this same flower that smiles to-day,
To-morrow will be dying.

此地的a，不是文法上的冠詞，而是介詞。海瑞克的代表作〈克琳娜過五月節〉

（Corinna's Going A-Maying），題目裡的 a 也是這個作用。其實，法文 à la carte 裡的 à，也是介詞，而非冠詞。大而化之，英文裡的 ahead、afloat、afoot、attend... 以 a 開頭，皆有此意。

4

一九六〇年代中葉，巴布・狄倫和披頭四是搖滾樂壇的兩大磁場：比較當然難免，但也相當困難。首先，披頭四是旗幟鮮明的樂隊，而狄倫只是「個體戶」，他和拜絲（Joan Baez）一同出現固然很出鋒頭，卻並未建立什麼。狄倫和披頭四好有一比，在於雙方都是作曲、作詞、演奏的歌手，創作豐富：根據《搖滾樂百科全書》（*Lilian Roxon's Rock Encyclopedia*, 一九七一）的記載，狄倫在當時出版了九張唱片集，十張單曲唱片；披頭四則推出了十九張唱片集，二十二張單曲唱片。狄倫的音調苦澀而狹窄，有時還加上口琴的孤單細怯；披頭四則合約翰的陽剛、保羅的柔婉、喬治的印度迷幻於一爐，音域廣寬而多元。我的偏好是把英國的「四少年」置於美國的「個體戶」之上的。此外，我認為狄倫的魅力有其反戰嬉痞的壓力為背景，時代既然變了，這種魅力也要解魅的。我曾將美國當行本色的音樂家奈德・羅倫（Ned Rorem）《論披頭的音樂》長逾萬言的文章譯為中文，收入我的文集《聽聽那冷雨》。關心的讀者不妨參考。

5

二〇一六年諾貝爾文學獎頒給巴布・狄倫，頗出文化界的意外。他雖然名滿天下，大家的印象中他並非文學家，而是一個音樂人，一個魅力十足的歌手。他是一位很有才氣的lyricist（歌詞作者），但無人會認他為當行本色的詩人。披頭四的約翰或保羅，在創作歌詞上都比他強，也比他更擅於想入非非，文采不絕。

——二〇一七年一月

由不惑到堅定
——祝福九歌四十歲誕辰

一九八七年梁實秋先生病逝於臺北。蔡文甫先生和我悵然若失，兩人商量，應該舉辦某種活動，以彰梁公對現代中國文學的貢獻。梁公在散文和翻譯兩方面均有重大的成就，所以我們創辦的「梁實秋文學獎」就分成兩項：散文獎和翻譯獎。我就負責主持翻譯獎項的譯詩組：梁公是我一生志業的恩師，當仁不讓，我不能不接下這一肩任務，並且邀請了彭鏡禧和高天恩兩位名家，組成歷久不衰的「聖三位一體」。三位合作十分愉快，我也主持了二十多屆，並無人前來「踢館」。

九歌出版社已出書四十年。這些年來，我的書先是由洪範出版，後來就轉交九歌印行。洪範的葉步榮先生帳目清楚，按期報告銷售數字。九歌核算版稅也很認真。蔡文甫先生在這正規書籍慘淡經營的廿一世紀，竟然對我信心不減，一本接一本面不改色地出我的書。坊間將這些正經書美其名為「常銷書」。時至今日，還一口氣推出了我的詩集《太陽點名》、《守夜人》；文集《粉絲與知音》、《從杜甫到達利》。

孔子回顧一生，自謂三十而立、四十而不惑、五十而知天命、六十而耳順。他閱世只有七十二年，還不足以論「古稀」之得失。九歌在文甫兄低姿態、陳素芳高效率的經營之下，今年也已臻不惑之境，在今日大力支撐文運的好出版社之中，值得我們慶賀。

我認識文甫兄，前後共歷六十年，最初是由王敬羲介紹。敬羲兄才氣很高，潛力很富，結果卻是歉收，太可惜了。比起他來，文甫兄似乎有欠新銳，但行百里者半九十，沉得住氣，終於豐收。文甫兄比我更長壽，也和我一樣重聽，現已退休，九歌大業的重任，落在後一代的肩頭。

我認識素芳，當然較晚。其初她竟是溫瑞安寨主的部下，與吾女幼珊是同僚。但是她成熟得很快：加入九歌之後，她在文甫兄信任之下，不但帶大了九歌，也因九歌的磨練而指揮若定。我在九歌出書，從封面設計到封底介紹，她處理得都很得體。這說明了她真是將吾詩讀通透了。

九歌慶四十歲，另有一解，來自英文。Forty意為四十，但其引申語fortitude則意為「堅強不屈」。謹以此語為九歌祝福。

——二〇一七年八月四日

藍星曾亮半邊天

藍星創刊迄今，忽忽已逾七十年，後期由淡江大學中文系趙衛民教授接編。明年五月將有紀念活動。他要我寫幾句話表述感想。上世紀五十年代，紀弦大力推廣現代詩，並說現代詩應為橫的移植，而非縱的繼承，至於移植些什麼？他強調應該是波德萊爾以降的西方現代詩。當時紀弦在成功中學教書，自有熱切的中學生做他的後盾。此事令鍾鼎文與覃子豪深感不安，終於在一九五六年夏天的某日去廈門街訪我，旋即由三人與鄧禹平、夏菁、蓉子、羅門組成藍星詩社，要出詩刊，並推覃子豪任主編。

我一向認為，詩社的生命不宜超過十年，過此則容易結成幫派，互相標榜，並與社外的別派互相敵視，爭議不休。我更認為，到了十年社員仍未成名，就得怪自己詩才不足或努力不夠。總之，我認為不應視詩社為領土，而詩刊為堡壘。

當時，除了紀弦的現代派，瘂弦、洛夫的創世紀之外，藍星所行乃中庸之道，一面要現代化，同時又不鄙棄本國古典的傳統。其實此道也不好行：關鍵在於融古今中外於一爐，不但要學富，更要才高，成功的機會不大。

藍星社大人多，唯組織發散，自由之中顯得逍遙不拘，而且流動人口很多。七十年中折損率不小。鍾鼎文、覃子豪、鄧禹平、吳望堯、羅門、周夢蝶、王憲陽惜已作古。敻虹久已失聯，被佛教引走。阮囊不羨名利，雖曾入我的*New Chinese Poetry*，也頗久不見刊詩。蓉子老來失夫，不再創作。夏菁也年老多病，惟詩情仍盛，常在《中華副刊》發表，並由黃用英譯。張健心存故社，形之於文，令人難忘。藍星的流動人口不少。若要周全，恐必須一提唐劍霞、曹介直、曠中玉。向明主編藍星，辛苦多年，並創詩獎，影響大陸，功不可沒。老夫年屆九秩，幸而詩心仍跳，創作始終不衰，近年還推出了《太陽點名》、《現代英美詩選》、《濟慈名著譯述》，在《太》集出版後又有新作近十首。

古人一生留詩雖多，但往往多在唱和應酬，若是創作，就比較少。黃用小我八歲，一直是我的「後輩」，但現在也八十二歲了，不再寫詩，只縮小世界，只限譯詩，真可惜。

——二〇一七年八月二十五日

又一章：未結集詩文

陰陽一線隔

今年七月，我家遭遇了突來的浩劫：生死之間只隔一線，長壽的代價就是滄桑，生幾絕望，死亡的陰影卻巨大而逼近。先是七月十四日我存血崩，進了高醫，立刻留院急診。次日我在孤絕的心情下出門去買水果，在寓所「左岸」的坡道上跌了一跤，血流在地，醒來時已身在床上，說話含糊不清。再次日才能回答我是某人，身在高醫。如此數日，夫妻各臥病床，彼此不明下落，其實似遠卻近。直到七月二十日，我才轉入普通病房，次日我存也才轉入普通病房，而且可以來探視我。有一段時間，她在高醫十七樓，我則在高醫十二樓。她住院八天，七月二十三日出院；我住院十六天，直到八月一日才出院。

二女幼珊住在近處，跟我們同棟異樓，已經三十年之久。四女季珊在溫哥華教會工作，特從加拿大趕回臺灣來，與幼珊分勞，輪流在高醫照顧二老。三女在大陸講學，聞訊也回臺來分勞，長女珊珊遠在美東，卻因有一男一女需她照料，只能和三個妹妹保持聯絡。高醫的護士均屬一流，但有家人就近看顧，還是好的。

八月間二老都回家了，但我存還得按期回高醫複診，我左目開過刀，也還要按期去榮總複診。陳瑛瑛醫師聽我訴說近況，吃了一驚。親友們知悉了我們的苦難，紛紛來「左岸」慰問，訪客不絕。偏偏入院前我正忙於在九歌出版兩本書：中英對照的《守夜人》和英譯中的《現代英美詩選》。病後不得不抖擻精神，日夜趕工，十分緊張。《現代英美詩選》和《濟慈名著譯述》是我最重視的兩大「譯績」，奈何時間緊迫，不容我慢工出細貨，也無可奈何。

中華文化的傳統，素有「三不朽」之說。立德乃聖賢之事；立功恐難垂之久遠。我只能以立言自許。我有那麼多書傳後，也勉強可以自慰了。

——二〇一六年八日

夢見父親

1

近四、五年來，我常常夢見父親，卻從未夢見母親，不知她是否藏在潛意識更深處，輕易不會出現。但據通靈的傅瑜老師相告，在我擲筊卜卦時，母親的靈魂也追隨觀音而來。果如此，則我的內疚當更深刻。因為五十八年前，她在臺大醫院臨終前曾經囑咐我：「好好照顧你父親。」

2

父親曾經做過安溪縣長，也在永春縣做過教育局長。他認識母親，是在教育局長任內：當時父親的普通話還說不清，更不懂從江蘇派來的師範畢業生，也就是母親，那一口江南腔的常州話。不過有情人終於超越了方言之阻，成了眷屬。小時候父親常不在家，不是宦遊在外，就是忙於主持永春同鄉會，不然就是為谷正綱的「大陸災胞救濟總會」出差，去海外接應各地的難民。父親早年在國民黨的「海外部」任職，後來轉入僑務委員會，多年擔任常務委員，清高而又低薪，每月只有五百新臺幣，而我臺大畢業後在國防部服役，擔任編譯官，月薪卻有八百元。

抗戰初期，母親帶我出入於淪陷區，備歷驚險，母子同命，片刻不離。所以母子之間的親切遠勝於父子之間，亦即佛洛伊德所謂的「戀母仇父情結」。僑委會的省籍結構，是廣東人多於福建人，而勢力是粵高於閩。小時候我當然聽得懂閩南話，後來去中文大學，廣州話自然也不陌生。

3

一九四九年，我隨父母從厦門去了香港，做了一整年的難民。父親身上只剩了五千港幣，不久恐將山窮水盡。我們和另外兩家難民，擠在銅鑼灣道某處的四層樓上，我睡的竹床白天收起，晚上才放下在走道上。香港大學的學制異於大陸，我也不願考進去，做港英政府的準公務員。冥冥之中，我知道自己將來會做作家，但不是在當時變天的大陸。有一次我偶然發現蘇聯發行的一份英文月刊，英譯的卻是中國新文學的評析，便將之譯成中文，投給香港版的《大公報》，竟得了五十元港幣的稿費。我即買了三罐555牌的香菸送給父親。

一九五〇年，蔣介石以國民黨主席的身分在臺北復出視事，號召海外的黨員去臺灣「共赴國難」。父親於該年五月先去了臺北，六月間我也隨母親乘船赴臺。當時臺灣的局勢岌岌可危，香港的親友嘲笑我們，說臺灣眼看就要解放了，你們這時去簡直是送死，還擔負了逃避解放的罪名。滯留香港的某些親友，勸我早日回新中國去「為人民服務」。我明白自己的志趣與潛力何在，不為所動。古寧頭一役，臺海形勢逆轉。不久韓戰爆發，第七艦隊進守海峽，臺灣終於倖免「解放」之威脅。

父親認為我的大學教育，因內戰而停頓了一年，應該繼續，以竟全功。早在我十二歲那年，在重慶鄉下讀南京青年會中學時，校方的國文課本雖也有選讀古文，他認為不夠，又教我加讀呂祖謙的《東萊博議》，和《古文觀止》裡的知性文章，例如前後〈出師表〉、〈留侯論〉、〈五代史伶官傳序〉、〈諫太宗十思疏〉、〈辨姦論〉、上下〈過秦論〉等等。我讀了諸文，甚有啟發，但更想讀的還是美文。這方面的願望，例如〈赤壁賦〉、〈阿房宮賦〉、〈蘭亭集序〉、〈滕王閣序〉、〈春夜宴桃李園序〉、〈陋室銘〉等，就由曾任小學校長的孫有孚舅舅來滿足。那時我年幼多思，初通文理，所受啟發極大：頓時明白，要成為新文學作家，這種根柢的修養是必要的。

當時正值抗戰，能暢讀的書籍不多。家中有一套上下冊的《辭源》，我翻來翻去，常對著「秧雞」一類的辭條遐想，而讀到李白的詩句：「羌笛橫吹阿嚲回，向月樓中吹落梅」，也神馳不已。

南京青年會中學遠在窮鄉，圖書館藏書極少。漸漸，我深感與世隔絕，便開了一批書單，請在重慶市辦公的父親就近採購。隔了一星期，每週往返城鄉的「交通工友」老趙，終於步行六十里路，挑了重擔，送來內有我等待已久的幾本書。我記得其中包括了林琴南譯的第一本西書《茶花女遺事》，和曹禺譯的《柔蜜歐與幽麗葉》。《茶花女遺事》以桐城派的文筆譯出，我默誦再三，十分陶醉。曹禺是湖北省潛江市人，普通話有口音，不知為何竟把莎劇的Juliet譯成「幽麗葉」？我收到這麼多名著，興奮莫名，但是父親的同事們見了這些書，卻認為都非正經讀物，竟大搖其頭，迸出一句：「唉，這樣的爸爸！」

抗戰勝利，我隨父母回到南京，在復原的南京青年會中學畢業，同時考取了金陵大學與北京大學。金陵大學裡我們有一個親戚在職員部工作，父母曾向其拜託。但北大是我自己考取的，據說數學只得十幾分，但國文與英文都遙領他人。我乃振振有辭，反駁父母，說我畢竟能自力更生。

一九五〇年自港遷臺，父親就命我去臺大考插班。當時我心灰意冷，以為大陸易幟，前途未卜，不如離家工作，何必再入大學。同時，臺大的師資會越過北大嗎，何必退求其次。但父親的美意不忍違拂，終於還是報考了大學。

但是學籍仍有問題。一九四九年從廈門大學去了香港，父親就堅持要我向廈大索取轉學證書。證書到手，日期標的不是中華民國，而是公元一九四九年。臺北師範大學乾脆拒絕我申請考插班大二；臺大的各院院長一字排開，審查考生資格。法學院長薩孟武只一瞥我的「偽證件」，就嚷說：「憑這證件，我非但不能接受申請，還要勸你把它收起，不得招搖！」我大吃一驚，正進退兩難，旁邊的文學院長沈剛伯卻把證件過目，說「這是非常時期，不妨通融」。憑了這句話，我終於進入臺大，插班外文系三年級。

當時臺大外文系的教授陣容，並不如我擔心的那麼差。文學院長是錢歌川，其女曼娜與我是外文系同班同學。外文系主任英千里兼擅英文與法文，有教皇冊封的爵位。梁實秋在師大專任，也來臺大兼課。臺靜農任中文系主任，黎烈文在外文系教法文，兩人和魯迅的關係不淺，但均不提往事。後來教我們翻譯的吳炳鍾，本職為軍中文職的上校，當時是臺灣口譯界第一人，對我的鼓勵尤大。另外還有英語流利的趙麗蓮，曾國藩後人的曾約農，擅長戲劇的黃瓊玖，也都是十分稱職的老師。幸運的是：五四人物典範未遠，我竟能一一得挹清芬。傅斯年一九五〇年卒於臺大校長任內。胡適曾出席我所譯《中國新詩選》的慶祝會，並發表感言。羅家倫一九六一年率領我們從臺北赴馬尼剌參加國際文學研討會。改革開放之後，我在中文大學會見了朱光潛、巴金、艾青、王辛笛、柯靈等等；其後於一九九二年，應社科大之邀，又在北京拜訪了馮至、卞之琳等前輩詩家。

回到一直關心我前途的父親。我存一連生了四個女兒，做祖父的未曾一言表示失望。母親逝世後父親一直不再娶，才得長保家庭和諧。我存主持家務，她的革新父親一概承受。終於多病的他，雖然長壽，卻苦於風濕、失明、行動不便，只能靠一架收音機聽一些新聞。我想他是深深懷念著逝世多年的亡妻的，但是並不常提起。這時我應該做卻錯過未做的，是坐在他的床邊，陪他說話，甚至說些故事，回憶往事。他數度問我，是否做了中山大學的文學院長，似乎以此為榮。我卻淡然回應，連更多的榮譽也不曾向他解釋。中國人原就拙於對親人表達感情，包括稱讚對方或適時道歉。我應該做的，是抱住他消瘦的病軀，親吻他的耳朵，告訴他不要怕，我在這裡，不會走開。相信這樣的接觸，單憑下游的血回溯上游的血，他的恐懼和痛苦就會解脫了一半。有一次我扶他起來吃飯，他抓住我六十多歲仍然結實的肩膀，似乎吃了一驚，似乎令他發現自己已瘦到什麼樣子。

接近他大去的日子，他開始神智昏迷，口齒不清，會對著虛空嘶喊，也許是對著亡妻在訴苦吧。我應該抱住他的。他失智了嗎？他以為是亡妻來接他了嗎？我的罪孽有多深重，豈是「不孝」二字所能形容！

《瑯琊榜》裡，在獄中服毒自盡的祁王，臨終時嘆說：「父不知子，子不知父！」父親一生愛我，卻不知我；我愛父親，卻也不知父親。父子之間有代溝，並不足怪。我和父親少有親近，當然互不了解。在我中學時代，父親見我不苟言笑，不擅交際，曾對母親說：「這孩子太內向了，不如去改讀藝術系。」他大概以為藝術系的學生才夠「浪漫」。這令我啼笑皆非。而在我這方面，許多事情也是後來自己身為人父之後才能參透人情世故，終能領悟，並且體會父親對我的自私、自傲有多麼寬容。

儘管如此，他仍然十分長壽，到九十七歲才溘然辭世。一九八五年哈雷彗星飛近地球，父親告訴別人說，他十幾歲時已見過哈雷過境。母親只享年五十三歲，父親高壽，又大她十歲，所以做了三十四年的鰥夫。

父親辭世後，在光明王寺做了三天法事，火化後，王慶華端著骨灰罈，陪我們夫妻北上，將它安置在碧潭永春公墓母親的墓側，一墓二穴，從此永遠和母親並臥在一起。就這麼，永別了我的前半生。只有在每年除夕家祭時，他們的遺像才會並排展現在燭火搖曳、香煙嫋嫋的供桌上。我寫過一首詩，詠嘆看父親火葬的感觸：

難忘去年的今日
是一爐煉火的壯烈
用千條赤燄的迅猛
玉石俱焚
將你燒一個乾淨

淨了，腐敗的肌膚
淨了，勞碌的筋骨
淨了，切磋的關節
淨了，周身的痛楚
將你燒一個乾淨

撿骨師將百骸四肢
從熾熱的劫灰裡
揀進了大理石罎
輕一點吧，我說
不忍看白骨脆散

就只剩這一撮了嗎？
光緒的童稚
辛亥的激情
抗戰的艱苦
怎麼都化了灰燼？

正如三十年前
也曾將母親的病骨
付給了一爐熊熊
但願在火中同化的
能夠相聚在火中

願缽中的薄錢紛紛
飛得到你的冥城
願風中的縷香細細
接得通你的亡魂
只因供案上的遺像
猶是你栩栩的眸光

4

「但願在火中同化的／能夠相聚在火中」，如果以之與我的〈五行無阻〉一詩相互印證，當亦可彼此發明。五行相生，同「行」相通，也是玄學派詩人鄧約翰的詩意所託。近年父親的魂魄頻頻入夢，而母親的卻潛於潛意識的深底，像潛水艇一樣深沉不浮。但願有一夜父親能說動她，帶她一起入我的夢來，讓我再度見父母同在，有幸變成從前的小孩。

——二〇一六年丙申小雪

悼念李永平

小說家李永平九月二十二日不幸病逝於淡水馬偕醫院，噩耗傳來，往事歷歷，令人感傷。永平和我，雖無深交，卻頗有因緣。記得他在臺大外文系畢業，留校任系內助教，身材高眺，原是帥哥。一九九七年香港即將歸還中國的日期逼近，當時在高雄中山大學任教的永平就提醒黃碧端系主任，邀余光中返臺，這是大好時機。黃主任又適時提醒李煥校長，應適時請余光中返臺來西子灣。李煥事忙，約我在來來飯店早餐。他一口湖北鄉音令我感動，同時早餐的地點偏名「來來」，真是巧合，次年我果然從香港返臺。迄今我在高雄定居，已長達三十二年，等於我生命的三分之一。這一切緣分，均由永平開端。

後來我果然來了中山大學，永平卻去了東華大學。從此我們沒有見面，但據說他變胖了，不復帥氣。他著作很多，也多次得獎，且以身為臺灣作家自豪。馬華作家之中，他最認同臺灣，並承認是臺灣的環境造就了他。一九八七年他放棄了馬來西亞的國籍，改入了中華民國的籍貫。他對於小說的寫作非常認真，有「文字鍊金師」之美譽，駱以軍和王德威對他評價很高。他的小說屢次榮獲大獎，其中《吉陵春秋》曾由我寫序，名為〈十二瓣的觀音蓮〉，此書的場景當然是設在他熟悉的砂勞越。但是他當時並未向我點明，害我狂猜了好久。

據說他在加護病房，呼吸道剛一拔管，就回到普通病房振筆寫其新作〈新俠女圖〉，一口氣竟趕出兩萬多字，尚未完稿，可恨的敗血症卻將他奪走了。

——二〇一七年十月八日

憶初中往事

我在一九七二年寫的一首詩：〈鄉愁〉，迄今三十多年，讀者頗多，引述者也不少，將之譜曲者也有幾十人；首段就是：

小時候
鄉愁是一枚小小的郵票
我在這頭
母親在那頭

「小時候」，約略指的是我的初中時期，而「這頭」和「那頭」究竟有多遠呢？那時正值抗戰年代（一九三七—一九四五），根本尚無手機，連電話在鄉下也不方便，通訊還得寫信，並貼上郵票。整個中學時期，我都在重慶的鄉下度過，讀的是南京青年會中學，該校因戰爭由南京遷往重慶江北縣悅來場。悅來場是一個小鎮，居民大約在二千人上下，在一般地圖上很難找到。這所中學連高中也只有兩百多學生，可是師資充實，教學認真，校風也很純正，現在回顧，我真感幸運。

校長周瑞璋由教會送去美國深造，英文頗有造詣。他的公子周光熙也頗有氣質，英文也好。有一年，我這一班是由校長親自教的，課本裡竟有幾個字，是從「水仙花」（daffodil）轉化而來，竟可分身為daffidowndilly，非常好聽，後來就再也沒有看到這種分身了。

使我受益最多的，是教務長孫良驥。他是我們主要的英文老師，教課非常認真、專一，對我也非常鼓勵，認為我未來必成大器。他唸英語除了稍帶南京腔之外，也很正確。對英文文法更分析得十分詳盡，到現在我仍有這種功力，所以我班上的研究生也輾轉得益。孫老師一生的大業，在於編一本中文成語的英譯。一直到現在我遇到一句中文成語，都常想英文該如何翻譯，才算妥貼。例如中文有「騎虎難下」的成語，最近我就斟酌，是否可譯成It is fatal to mount or dismount a tiger. 現在的我，大概有本領成為孫老師此願的助手了。孫老師個子矮胖，不免晚婚，同學們背後常稱他「孫光頭」，我從不「從眾」，不過這樣的「失敬」，在缺德的中學生之間，原很平常。我多麼希望孫老師未遭文革之劫，能親睹我日後中譯的《現代英美詩選》。

回到〈鄉愁〉的首段。在悅來場的小角落裡，我每隔一星期要步行近一小時回家：從青年會中學走到悅來場，是平地，穿過那小鎮，只要五分鐘，然後沿著頗陡的五十級石階走到緩緩的嘉陵江邊，接著是江邊的平曠沙地，如果走累了，就逆著江水，向北划游，我游得笨拙，幸好不到十公尺就冲回岸來。豔陽高照，有時就坐在沙地上，掀開亞光地圖出版的世界地圖冊，神遊於歐美各國的地勢，心中自許，有一天終會走出地圖，去實踐那些港灣曲折的國家。如此北向約行十五分鐘後，就右轉上坡，繞過水田進入兩坡之間的一道彎谷，接著又是頗陡的上坡，最後才到了一座年淹代遠的古屋，朱家祠堂了。

當時國民黨當政，有一個部門專管海外的黨，稱為海外部，下設一科，專掌海外黨籍的登記。日機常轟炸重慶，所以許多機構就疏散到鄉下去。父親奉命到此窮鄉成立一個登記科，而自己則仍留在重慶辦公。那時不比現在的大陸交通四通八達，再遠的景點或稍具規模的城市甚至有班機直達。所以僻壤和重慶之間，水路要靠嘉陵江上的小火輪，旱路則有賴騎馬甚至步行了。如我記得不錯，小鎮如悅來場根本沒有郵局。

月色清朗之夜，我們最擔心日機會侵犯四川，來轟炸重慶。遇到如此的月夜，我們就各備小板凳，去樹下「逃警報」。悅來場距重慶約為六十華里，敵機根本不會來炸鄉下，可是這距離卻能讓我們清晰地看到高射炮和機關槍連續地交鋒。日後我在美國開車，形容高速公路上斷而復續的分界線，像這種月色之夜，地面和空中交火的情形。

我在南京青年會中學的成績，國文和英文總在前茅，久之竟自命不凡，有天才的幻覺。可是在我進入初中之初，校中來了一個過境之高二插班生，名叫袁可嘉，日後他轉去了西南聯大，得以挹名師之清芬，做了朱光潛一輩的高足。當時他應該是全校才學最富的學生，所以被選為軍訓的大隊長。我吃飯最慢，總是他按規定之後，大喊「起立」，並向訓育主任鞠躬，再喊一聲「解散」。見我仍在划飯，會過來勸喻我「下次吃快一點」。抗戰結束，他回到上海，名字常出現在《大公報》很專業的副刊上，令我十分欽羨。他在青中掛單只有一年，我當時太小，尚不足預知他「終非池中物」。可是從他鶴立的風度和超卓的氣概上，已敏感到他匆匆去昆明，是明智之舉。從此，我提高了眼界，悟出了天外有天。

初中時期，甚至包括高中初年，我在青中的最好朋友是吳顯恕。四川人把地主之家稱為紳良，顯恕應該來自紳良家庭，口音是本地人，家究竟在何處，我並不清楚，可能就是江北縣。他的頭有點尖，五官忠厚，富幽默感，尤其在紀念週之類的嚴肅場合，臺上的主持人正大言炎炎，他就抑低聲音在我耳邊挖苦他的荒謬，惹得我哭笑不得。

吳顯恕對文學也頗有穎悟，樂於和我逃課，和我一起並坐在石階上，唸《西廂記》或其他名著。有一次，我們唸到蘇曼殊的《斷鴻零雁記》，中有「一時蟬聲四徹……」之句，我們竟感動得交口豔羨。又一次，共唸當時風行的《婉容詞》，也很有同感。該書詠歎一女子之被棄，開始一句是「天昏地暗，美洲在哪邊」。

顯恕家既富有，藏書自多。記得某次他從家裡帶來一本大辭典，很重，我從中發現「英文最長的字」：floccinaucinihilipilification，歡喜之餘，考同學們舉出英文長字。他們推出extraterritoriality，輸了給我。

又有一次，他從家中帶來一書，說是袁枚所著，其中述及武則天宮闈之私，真是我們私窺之祕笈。袁枚奇才，寫出此書確有可能。

顯恕出身於地主之家，文革時恐難逃批鬥大劫。抗戰勝利，我隨父母回去南京，從此失去了聯絡。我甚至不知道他是否還在人間。我的懷鄉詩〈鄉愁〉傳回了大陸，頗為流行，也許他也看到。我在亮裡，他在暗中，如果他看到，想必會先聯絡我。文革浩劫，牽連很廣，受害者不可勝數。就算他逃過一劫，也不能盼望他如我長壽。如果有人見吾文而知顯恕下落或後事者，請盡速告知，以慰我心中久望。

——二〇一七年十月二十一日

鴴池

筆直纖細的黑喙
什麼魚躲得過呢
高蹺修長的赤腿
什麼水淹得沒呢
白體烏翼的遠客
橫越寒溫熱三帶
什麼風攔得住呢
西伯利亞你都不怕遠
雙溪清流你更不怕深
北緯與東經任你

一縱身高來，高去
校園數你最神奇

——二〇一五年六月

五株荔樹

最後車到了萬杉鄭古厝
不見萬杉，卻有五株荔樹
穿過磚灶猶存的廚房
攀上屋後土石雜砌
而成不平之平臺，落腳小心
滿地亂石間老根盤錯
引頸仰望，樹幹合抱猶不攏
霜皮溜雨，黛葉參天
巨蔭成蓋，針孔滴漏著青霄
平臺上自東向西一排荔樹

庇蔭著古厝半畝的故事
古厝坐南朝北，我探頭北望
越過鱗鱗瓦坡，燕尾對擺
可窺山勢起伏，背負遠天一碧
鄉人從左到右，指點出三峰
石齒、玳瑁、鐵甲，正是
承堯叔畫中網皴的故鄉
也許小時候我曾經攀過
余江海卻說，他記不得了
但記得這一排五株高樹
他真的陪我冒險爬過
「再來比賽一次吧，」
鄉人笑說，又爭相告訴我
海峽對面遲歸的稀客
說八月果熟，滿枝甘荔
累累垂著絳圓的虬果

收成，足足有四五百斤
「這麼豐富啊？」我大吃一驚
（簡直請得動東坡老饕了！）
一時，不知該可惜，一顆
也沒有緣分入口，或是該
自豪於擁有多產的果林
吾鄉在洋上村，轄於桃鎮
出了廈門機場，高速路
要攀坡穿嶺，穿九條隧道
才抵永春，一路找到
百年前父親呱呱一聲啼
降生在泉州轄下的山縣
這山城，也是近一世紀之前
母親，江南一嬋娟的女子
自太湖岸邊，運河過處
師範學院剛畢業，分派來此

因此，我有幸向她投胎

——二〇一五年十一月三日

風箏與救護車

每次見到從地平線上
升起了一隻，兩隻風箏
吾心就飛揚，似乎
有人正跟神靈在通話
似乎這城市沒在戰爭
風雲跟鳥都各得其所
武器，似乎都睡著

但並非天天都如此
突如其來，淒厲的警報

會逆所有的耳神經
而來，那是救護車路過
提醒我，更多的人不幸
我一面讓路在街旁
一面，為車中人禱告

希望他的醫師和護士
都耐心而仁慈，而家人
的禱告神靈都聽到
誰，小時候沒放過風箏呢
誰，老來能永遠保證
躺救護車的不是他人
而是自己，有一天，在搶路

——二〇一五年十一月二十六日

沙糖橘

小不盈握，一只沙糖橘
表面青黃不接，外交似非所長
偶有斑點，暗示造化的滄桑
剝開了。卻長得非常認真
一律八瓤，像是在平均分省
吐出蕞爾的幾粒種籽
筋絡交接，自成經緯的系統
但地軸一線卻中空成縫
北極一眼可望穿到南極
地心的祕密不過是虛心

這麼精巧的空間別有天地
組織完備像列支登斯坦
應有盡有的小公國，幾乎
難容我笨拙的手指試探
儘管它大得已足以自誇
小人國特大號的南瓜

——二〇一六年一月

謝渡也沙糖橘

昔曾贈我茂谷柑
今又饋我沙糖橘
猶記茂谷碩而甘
隻隻令人饞得飫
而今粒粒沙糖小
有若衛星比行星
體貌雖細味不遜
皮薄易剝瓣瓣好
非惟水多能解渴
貌不驚人我更驚

固知瓶小容巨魔
五絕何曾輸七律
前啖茂谷香猶在
今再答詩沙糖橘

——二〇一六年一月

危樓

僅僅是八秒鐘
一隻盲目地牛
在十六公里下翻身
把十四層高的危樓
搖搖搖——墜
成比薩斜塔乎
不，成空中樓閣
不，成鬼屋，蜃樓

危樓偏多惡夢

寅時驚起
竟是更大的夢魘
一具多層的棺材
誰死，誰活
誰能爬出棺材去
誰能等到鋼牙來
誰，出來能夠抱家人
誰，出來時僅免一身

生，死，只在擲一骰

危樓外
另一批人在逃避
業主
建築師
驗收員

什麼課
什麼局
什麼牆
什麼柱
誰剝皮
誰抽筋
誰偷工
誰改名
誰事後先知
誰明知仍犯
誰身後
有膽見死者
一百多位呢
——災戶！苦主！

——二〇一六年四月

半世紀

半世紀前誰不曾年輕
誰不曾，高談卡夫卡卡繆
排排坐在咖啡館
齊齊嗑嗑吃果果，誰不曾
在香菸與啤酒之間
引一句半句薩特，譯
一段半段漢明威，讀
一本半本川端康成
英美太普通了，日本太近
最好是歐陸流行的作家

譯名誰也拼不全，讀不準
R. M. Rilke, García Lorca
Simone de Beauvoir

半世紀後再見面
場合是演說，決審，頒獎，接受榮譽學位，慶生
頭銜是專家，名家，權威，大師，國寶
稿費是五位數，臺幣，港幣，人民幣
髮色是由灰而白，髮觀是由稀而禿
病情是因人而異，對他人也說不清
話題則從內科到外科，醫生則西醫到中醫
你訴你的高血壓
他訴他的類風濕
我害我的青光眼
耳朵早該戴助聽器
牙齒又潔白又整齊，太可疑

集體的獨白，眾聲也不太喧譁
逐一聽去，有誰能注意到底
抗不了地心的吸力
有的縮水，有的腰瘦骨折
算了吧——還在講荒謬，孤絕
還內心掙扎，超現實，達達？
真離不了的，是醫院和藥瓶
結論是：「吾所以有大患者
為吾有身！」真相是：步步為營
絕對不能夠趺跤
一失足成終身
不，餘生之恨

——二〇一六年六月十七日

他與眾神

當夜色下降，星光升起
誰在其間呢，獨對天地
夜色再沉，沉不到他心底
星光再高，高不過他髮際
整片海峽都不可思議
下面都合了睫了
忙的是上面的星斗，恆在位移
流星難防，躲過左頰，躲不過右題
大哉銀河在天穹頂轉軸
是誰呢在踩這造化的水車

燈塔不及的地方
下面是他的桌燈煢煢
上面是神的吊燈熠熠
不知那些森羅的燈盞
從何時起就那麼懸疑
在怎樣的星座，如何的峭壁
玄祕的臺灣海峽
一半歸，無眠的，他
一半屬，傳說的，眾神

——二〇一六年六月

三伏大暑

血肉之軀，每天都揮汗
仰攀到35°或37°的炎站
再往上已經無力
只因為北半球
傾斜向太陽的母球
到廿三度半的依偎
要到秋分才能夠除炎
要消暑只能啟動空調
那就等於投降給科技
享受冷氣又關上，驟冷

驟熱，無所適從於兩極
最好是颱風帶來淋漓
賺來涼蓆上偶夢的秋季

——二〇一六年九月

巫者告訴我

巫者告訴我，舟山的普陀寺
寺中的觀音，是我的守護之神
常在杯筊中給我神喻
讓巫者俯拾了又拾
我在廈大時，已慣去南普陀進香
廿一歲少年騎車馳騁沙岸
對大聖有深沉的孺慕
何況媽祖更是她愛徒
直到英國詩人格瑞夫斯
告訴我，他的本命守護神

正是「白女神」，裙帶臨風
我遽吃一驚，一震
觀音！不正是白衣大士嗎？
供柳枝的透晶長瓶
儲著最清純的聖水
轉身看案上的大士
她的臉微俯，寧靜而慈悲
什麼綸音也未發
白女神是垂愛的象徵
是格瑞夫斯無盡的靈感
阿芙羅黛悌的化身
專司他創作的聖殿
相加該是我雙重的天啟
格瑞夫斯壽高達九秩
想我當不止此數
觀音什麼也不說

卻似乎微抿了一下

——二〇一六年十一月

不倒翁

小時候
長輩送了我一個不倒翁
我並不歡喜
因為那「翁」字
因為它不倒
因為它左搖右擺
前仰後合
總是不倒

總是不倒

因為它重心永遠在下
相信世上有不倒之翁
說明中國人思想多高超
成翁而不倒
世上有幾億老人
真有人
不願做不倒翁嗎？

——二〇一七年一月

天問

想當年母親生我（父親也有份）
那是流血的悲劇
母親的門戶大開大闔
父親手忙腳亂
哭聲驚動了鄰里
但雙親報我以笑聲
留下可笑的肚臍眼
見證這一幕悲喜劇
這一具衰頹的肉身
曾經歷兩次戰爭

南京大屠殺，重慶大轟炸
（我都有份）可以見證
東洋武士刀所誇的事情

父親和母親早已亡故
清明的墳頭，除夕的供案
不知他們的靈魂
去了何處？現在輪到我
來發問，來操心
有何處可去：吾妻去處
我也能去麼，她會在何處
等我呢，我能
在她的去處等她麼？
這問題，所有的神學家
宗教家，聖人和巫者
都被問過，星空之下

思想家也都問過自己

但此刻，是學者、科學家在問
此刻，余光中的靈魂
該安頓在何處：南北極
東西經，南北緯，何處可安頓
預言家可信麼，屈原、陶潛、李白
可信麼？人壽苦短，光年太長
有光年這件事麼，科學家在問
這件事，遲早有人來催租
不容你偏安於迷信或傳聞
以靈魂「一縷」之纖弱
擋得住身後，「五行」之不測麼？

——二〇一七年春天

舍利子

火葬之後
我的骨灰久久不散熱
猶似貪嗔的紅塵
你們不妨拿去分一分
無非是我的愛
我的關懷，我的緣分
若我真是位高僧
當可找到舍利子
印證美已成正果
在每一卷詩的扉頁

只要掀開，就能夠
見我的眼神未改

余　光　中　作　品　集　　26

從杜甫到達利

國家圖書館出版品預行編目（CIP）資料

從杜甫到達利／余光中著．-- 初版．-- 臺北市：九歌，2018.08
面；　公分．--（余光中作品集；26）
ISBN　978-986-450-174-8（平裝）
1. 文藝評論　2. 文集
810.7　　107001879

作　　者——余光中
校　　訂——余幼珊
責任編輯——張晶惠
創 辦 人——蔡文甫
發 行 人——蔡澤玉
出　　版——九歌出版社有限公司
台北市 105 八德路 3 段 12 巷 57 弄 40 號
電話／02-25776564・傳真／02-25789205
郵政劃撥／0112295-1

九歌文學網　www.chiuko.com.tw

印　　刷——晨捷印製股份有限公司
法律顧問——龍躍天律師 · 蕭雄淋律師 · 董安丹律師
初　　版——2018 年 8 月
定　　價——400 元
書　　號——0110226
I S B N——978-986-450-174-8

（缺頁、破損或裝訂錯誤，請寄回本公司更換）
版權所有 · 翻印必究　Printed in Taiwan